JN228454

ダンジョンキャンパーズ
～世界で唯一、冥層を征く男は
配信で晒された～

しらき　みなと
白木 湊
18歳、冒険者。高1年でダンジョンに潜り始める。
ひいらぎ　のあ
柊 乃愛
17歳、冒険者。クラン【オリオン】の主力。読書とゲームが好き。
みなみ　れい
南 玲
17歳、冒険者。クラン【オリオン】の主力。日本屈指の身体能力。

主な登場人物
ひおり ゆきな
妃織 雪奈
19歳、冒険者。高校卒業後、進学せず【オリオン】に加入。
あかざき
赤崎 クロキ
20歳、冒険者。大学を中退し冒険者業に専念。後に【オリオン】に加入
たちばな れんか
立花 恋歌
33歳、クラン【オリオン】の事務方。実は土と光の魔法が使える。
はしみや りょう
橋宮 両
34歳、冒険者。クラン【オリオン】の長。見た目はとても幼い。

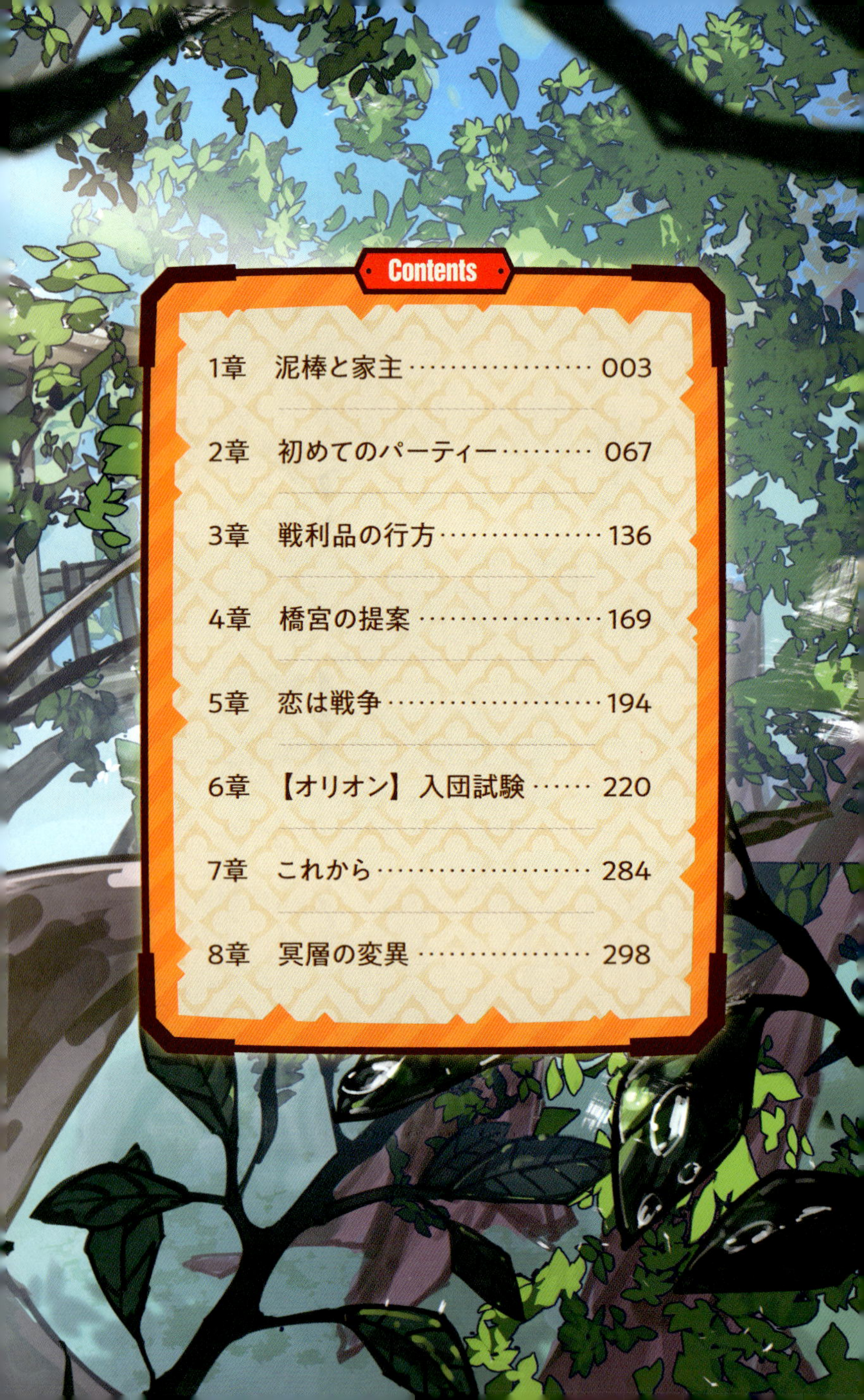

Contents

蒼見雛

イラスト
Aito

1章　泥棒と家主

限りある空がざらざらと大粒の雫を垂らす。

葉を打つ轟音が、不規則な足音を消し去っていく。

それでも、彼女の荒い息遣いは、小型ドローンを通じて配信へと流れていく。

「――――」

息を吐いた彼女は、ふらりと足を滑らせた。

その身体の一部が木々の陰から出て、ほんの一瞬、雨粒に晒される。

黒いロングヘアーを伝って白磁のようにしなやかな肩に落ちた水滴は『じゅわり』と不気味な音を立てて肌を焼いた。

「――ああッ」

噛み殺した悲鳴と共に、彼女は木の幹に背を預け、雨粒から逃げた。

彼女は今にも閉じそうな重い瞳で、葉越しに空を睨む。

この森に飛ばされてからずっと変わらない、灰色の鈍重な雲を。

そこから零れ落ちる、生物を溶かす異常な雨は、彼女の生への未練すら溶かそうとしていた。

『やばいって！　早く安全領域(セーフティーエリア)に！』

『終わったｗｗ』

『おねがい、だれかたすけにいって』

『美少女の死体が見たい！』

『どうしようもないな、これは』

『近くに誰もいないのかよ！』

『いないだろ、冥層(めいそう)だろ、そこ』

『不謹慎な奴、消えろよ！』

『下！　にげて！』

『【✓オリオン公式】現在、救助を派遣しております。安全地帯に避難をお願いします』

『クラン動くの遅くね!?』

『どうしようもないだろ』

ドローンが投影するコメント欄は、配信者の死に際(ぎわ)を見るためにやってきた野次馬(やじうま)もいて、荒れている。

だが死にかけの彼女がとらえたのは、『下』というコメントだった。

ドローンから視線を逸(そ)らし、地面を見る。

水が染みたように、ぐずぐずの地表を晒す地面を。
『早く登って！』
『溶けるって！』
急加速するコメントに押されるように、彼女は近くの木に手を掛ける。
表面は酸性の雨で湿っており、傷口にひどく染みた。
だが最後の気力を振り絞り、彼女は自身の身体を枝の上に横たえる。
ちらりと、下を見る。そこには信じ難い光景が広がっていた。
「……最悪ですね」
吐き捨てるような言葉は、小さな小池のようになった森に呑まれて消えた。
気づけば一瞬で、森は水没していた。
すでに足の踏み場はない。幹の中ほどまで水が迫っていた。
これでは彼女は枝の上から動けない。
そうこうしているうちに、雨足は強まっていく。
強風が葉を揺らす。
いつ、彼女に直接雨が当たるのだろうか。
裸なんて見せたくない。ところどころ溶けた防具を見て、そんなことを思った。

彼女は配信を切ろうとドローンに手を伸ばす。
視聴者もそれだけで全てを悟った。
『しょうがないな』
『今までありがとう。楽しかったです』
『嫌だ！　諦めないで！』
『ほんとに誰もいないの⁉』
視聴者たちの言葉にも動じることなく、彼女はドローンへと手を伸ばし――
その先に、小さなツリーハウスを見た。
「は？」
つい、身体の痛みも忘れてそんな声が出た。
彼女の視線を辿ってドローンが自動でカメラを向ける。
『え？』
『ナニアレ？』
『家っぽくない？』
『冥層だぞ？　誰もいるわけない』
『なんでもいいからあの中から雨から逃げられるか1wq！』

焦るコメントに背中を押されるように、彼女は慌てて身を起こす。彼女の冒険者としての経験が、ここが生死を分ける境目だと感じ取っていた。

死にかけとはいえ、一流の冒険者に相応しい量の魔素を吸った肉体は、最後の力を振り絞る。

休息を求める身体を酷使して、枝から枝へと飛び移り、やがてツリーハウスへと辿り着いた。

その家は枝の間に床板を張り、その上に木を組んで作られただけの粗末なものだった。

扉の代わりに何重にも敷かれた葉を押しのけ、彼女は中へと入った。

雨音が一気に遠ざかる。

『マジ家じゃん！』

『奇跡だ！　やった！』

『誰もいなさそう？』

『建てたの誰だろ？　自衛隊？』

疑問はある。だが全てを押しのけ、彼女は家の片隅に置かれた壺の水を掬っては飲み込む。

この階層に飛ばされて、水は飽きるほど見た。だが、飲める水を見たのは初めてだった。

のどを潤し、荒い息を吐く。

『美女が水がっつく光景……いい』

『水滴になりたいです。できれば首筋を落ちた子に』

『いつものきしょさが戻ったな』

『死なないっぽいか？』

『ひとまずはだろ』

そして、次に目についた、天井からぶら下げられた干し肉を掴み、小さな口で噛みつく。

遭難して丸一日、何も食べていなかった。

干してあった肉を全て食べ、彼女はようやく落ち着いたのか、コメントを見る。

『油まみれの唇、お美しい』

『てっかてかー!!』

『めっちゃ食うじゃんｗｗｗ』

下心丸出しのコメントに目を細めながらも、周囲を見渡し、「ここ、何かしら？」と小さく呟いた。

『俺たちが知りたい件』

『わからん。でも人は住んでるっぽくない？　ほら焚火あるし』

『ほんまや。ちょっとくすぶってるね』

『冥層在住の人？　何人よ』

『超人』

『つまんな』

『ダンジョンの文明とか？』

『だとしたら大発見じゃない？』

部屋の中央に置かれた焚火には、まだ仄(ほの)かに赤い光が見える。

木の家で焚火なんて正気の沙汰ではないが、そもそも普通の木でも環境でもないことを思い出す。

そしてコメント欄の『冥層』という言葉に険(けわ)しく眉を寄せる。

『冥層』。それは、ダンジョンの難易度を分ける三つの指標の一つだ。人類が踏破(とうは)した『上層』『下層』とは違い、未踏破階層を『冥層』と呼ぶ。

ダンジョンが発生して一世紀。人類が『冥層』に辿り着いてから、数十年以上経ったが、未だに『冥層』を攻略した者はいない。

この渋谷ダンジョンの冥層は51階層から始まる。

50層を拠点に探索、配信をしていた彼女、南玲(みなみれい)は初めて見たモンスターの攻撃により、気づけばこの雨のやまない階層へと飛ばされていた。

彼女が、そして視聴者がここを『冥層』と判断した理由は、見たことも聞いたこともない地形であることと、そして異常な環境だ。

『冥層』に分類される階層の多くは、モンスターの強さ以上に、天変地異が日常の異常な環境が特徴だ。

『冥層』に踏み込んだものは極僅か。生きて帰ったものは数えられるほどしかおらず、再び訪れた者はいない。

世界で最初の『冥層』からの帰還者、ジュリウス・シルバーが晩年に書き残した手記には、こんな言葉がある。「我らは冥府の門を開いてしまった」と。

『【✓オリオン公式】救助の冒険者が50階層に到着しました。ですが、冥層に踏み入ることはできません。自力での脱出は可能でしょうか』

『え、はっや』

『詐欺ショタと怖ギャルだろｗｗｗ』

『流石にあの二人でも冥層は無理か……』

『ここで体力を回復して出口を探すっていうのは』

「多分無理ですね。現在地がわからないので」

どこか他人事のように彼女はそう返した。

それは死を受け入れる言葉だ。

重くなった空気を払しょくするように、彼女は小さく笑った。

「濡れているのが不快です。絶対傷んでますよね」

彼女は艶やかな黒いロングヘアーを絞り、滲み出る水分に嫌そうに舌を出した。

色気とあどけなさが混ざった表情は、見る者を魅了する。

『今それどころじゃないでしょｗｗ』

『相変わらずマイペースだなぁ（笑）』

『僕がトリートメントになります』

平和なコメント欄に、玲の顔が小さくほころぶ。

たとえ死ぬとしても、湿っぽいのは嫌いだった。

最後の時を惜しむような、生暖かくて、今にも切れそうな、そんな空気。

紡がれるコメントは、別れの言葉のようだった。

「そろそろ切りますね。さようなら――――」

「うえっ⁉」

玲は急に聞こえた声にびくりと剥き出しの白い肩を震わせて、振り向く。

そこには、玲と同じように驚愕の表情を浮かべる青年が立っていた。

年のころは二十歳前後だろうか。

ごく普通の男だった。普通と違うところがあるとすれば、全身を葉の外套のようなもので隠しており、その手に丸まる太った鳥の死体を持っているところだ。

『うおっ⁉　ビビった！』

『終わっ、てねえ！』

『誰よ！』

『え、人間？』

『普通に人間じゃん笑』

『玲ちゃん、話しかけないと』

「あの………すみません」

返事はない。コメント欄も困惑包まれる。

話しかけても反応のない青年に、玲は小首をかしげる。

青年はきょろきょろと室内を見回し、空になった壺と、干し肉を吊るす役目から解放された縄を見た。

「泥棒だぁあああーーーーーー！！！」

「え、いや、違っ！　そうですけど！」

『おっしゃる通りです』

『お兄さん、こいつがやりました』

『空き巣と家主（やぬし）の対面で草ｗｗｗ』

『そこじゃねえだろ』

『玲の焦り顔初めて見たかも』

『いろんな配信者見てきたからわかる。こいつも変な人だ』

（――――ッ、否定できないところを……！　というか、冒険者でしょうか）

どこから説明しようか、そんなことを思っていると、ふらりと視界が揺れた。

（あ、れ？）

回る視界が端から黒く染（そ）まる。最後に映ったのは、慌てた顔で駆け寄る家主の青年だった。

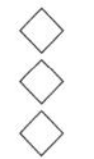

「うおっと!!」
俺は倒れ込む彼女の肩を慌てて抱く。
手に触れる柔らかな肌の感触にわたわたしながら、ゆっくりと彼女を横たえる。
頭を打たないように手を添えると、意図せず顔が近づく。その長い睫毛（まつげ）と染み一つない白い肌にどぎまぎと心が揺れ動く。

だがそれ以上に俺の心を揺さぶったのは……

(でっか………)

厚い革の防具の上からでもわかるサイズの双丘だ。

呼吸するたびに上下するかたまりを本能的に見てしまい、妙な背徳感を覚えて視線を逸らす。

「………近くで見るとえらい美人だな、ってすごい怪我だな。【溶解雨】の中を突っ切ったのか？　無謀だなー」

照れ隠しでべらべらと話しながらも、体は反射的に【回復薬】を取り出し、治療を施していた。それでも、焼けただれた肌は完全には癒えなかった。だから最後に包帯を巻きつけ、出血を止める。

『推しに近づくな！』

『今は非常事態でしょ』

『手際よ！』

『慣れてる感じだな』

『今一瞬、凝視したな笑』

『そりゃするだろｗｗｗ、俺は今でも見まくってるもん』

『きしょ』

『高三とは思えん』

『本能よ』

『てか結局誰なの、この人？』

『懐かしい傷だなー、って言ってるんだけど』

「俺もよく通り雨に会って肌が溶けたなぁ」

『は？』

『初めて聞いた日本語だわｗｗｗ』

『こいつ、どこの冒険者？　クラン所属の奴？　フリー？』

『わからん。てか『冥層』に行けるような奴の候補なんてほとんどないけど、誰でもなくない？』

『そもそも『冥層』は、トップ冒険者でも入ったら出られない地獄。玲ちゃんが死にかけてるみたいにね』

『つまり？』

『ありえない。もし彼が『冥層』で活動できる冒険者だとすれば、日本一、いや世界一の強さを持つ冒険者ってことになる』

『もしかして俺たち、歴史の証人ですか？』

『てか、こいつ、配信されてることに気づいてねえな』

『にっぷ』

『じらすな、家主‼』

『家主ｗｗｗ』

「てかこんなとこで何してんの？　普通一人で来ないだろ」

ふっ、と俺は笑い、彼女に毛皮の毛布をかけてあげる。

無謀な行為だ。だが好感は持てる。長い間、ダンジョンキャンプを楽しんでいるが、同好の士はいなかった。

冒険者というのは、どいつもこいつも忙しなく進んでいくばっかりで寂しかったのだ。

「わかるぞ。大自然の中、一人で過ごしたいときもあるよな」

うんうん、と俺は頷く。

ふと、視界の端で、ピコピコ光りながら回る物体に気づいた。

球体の表面には、何やら文字列がすごい勢いで映し出されては流れていく。

『あ、気づいた』

『変なこと言いながら気づいた……何、大自然って』

『お前も一人定期』

『【✓オリオン公式】 少しよろしいでしょうか！』

『こんばんは！　家主さん！』

「あ、こんばんはー」

何これ？

「何これ？」

言葉にも出ていた。

『配信よ、配信』

「配信⁉」

なんかいろいろ言った気がする。

思い出して頬が赤くなっていくのを感じる。

『玲ちゃん助けてくれてありがとぅ〜〜〜！！！！』

『玲ちゃん大丈夫そう？』

「ん、ああ、大丈夫だよ。地上に帰ったら治療を受ける必要はあるけど、すぐに目覚めると思うよ」

知らない間に配信者デビューしていた事実には緊張を隠せないが、真面目なコメントを見つけて、気を引き締めて答える。

『よかったぁ』

『ありがとう、ほんとに！』

『推しを亡くすとこだった』

『【✓オリオン公式】彼女の所属するクラン【オリオン】の者です。当クラン所属の冒険者の救助ありがとうございます』

「公式さん、ですかね。ダンジョンでは助け合いですし、お気になさらず」

『【✓オリオン公式】ありがとうございます。図々しいお願いではありますが、彼女の容体を確認しておきたいため、配信は続けたままにしてもらえますか』

『そうね、配信は切らないでほしい』

『結構な要求じゃない？　見せたくないスキルとかもあるでしょ』

『そもそも顔出しになってる時点で、だいぶだけどな』

『いや、配信はいる。配信ないと、我らの玲様とこいつが二人っきりだぞ』

『密室、うだるような暑さ、何もないはずはなく……』

『暑いかどうかは知らんだろ』

「暑くないし、むしろ寒いぐらいだよ！」

『いや、答えるのそこじゃねえｗｗｗ』

『どうでもいいわｗｗｗ』
『わい、ダンジョン研究者、結構嬉しい情報です』
『知らん』
「あ、もちろん配信はつけとくよ。俺も外の状況は知りたいし」
『ん、もしかして、下層まで連れて行ってくれるの？』
「いや、当たり前でしょ。絶対一人で帰れないじゃん」
『おお～、いい人だ』
『最前線の冒険者には珍しいまともな人だ』
『冥層にいる冒険者かどうかもわからん不審者だけどな』
『人間かどうかも不明』
『てか本当にだれ？』
『救世主！　でも触んな！　オレノダゾ！！！』
「うえっ⁉　彼氏さん！　ごめんなさい！」
『んなわけねえだろｗｗｗ』
『玲の配信名物のキモリスナーだよ。放置でｏｋ』
『初見だろうし、ダルがらみするのはやめたげなさいｗｗｗ』

「あ、違うのか、よかった。こういう美人の彼氏、大体怖いから」

少し冷たさを感じさせる整った目鼻に、すらりと伸びた手足とスタイルは、彫刻のように美しい。それでいて身体の一部は主張が激しく、少女らしい儚(はかな)さと妖艶な色気が合わさり、背徳的な魅力を醸し出している。

一軍の女子って感じでちょっと怖い。

『あー、わかる。二個上の大学生彼氏タイプね』

『それか、ごりっごりのゴリラみたいな奴』

『休み時間に目が合ったら嫌そうに睨まれて、その後「さっきあいつにやらしい目で見られたー」って、センター分け長身彼氏に教室で大声でチクられるやつね。そんなに足出してるのが悪い』

「一人実体験語ってる奴いるな。悲惨すぎるだろ、かわいそ」

『…………ッ！』

『効いてるｗｗｗ』

『悪意なさそうな声で言わないでｗｗｗ』

なんだか盛り上がるコメント欄。

『家主さん、ここどこ？』

「え？　知らないの？」

『あー、そっか、家主さん知らないんだ。なんか変なモンスターに転移させられて、気づいたら森にいた、みたいな感じ』

曖昧(あいまい)な説明。それだけ、彼らも状況をよく理解できていないのだろう。

なんとなく彼女の状況を理解できた俺は、納得の表情を浮かべた。

「ああ、そうか。自分から来たわけじゃないのか。なら、まずは現在地から言うけど……ここは、51階層。【雨劇(うげき)の幕(まく)】だよ」

なんでもないように俺は、未踏破階層の名を告げた。

『やっぱり『冥層』じゃん……』

『こいつ普通に冥層に住んでるって言ってね？』

『家主だからね』

『意味わからん』

『嘘乙wwwwww』

『別のダンジョンとかじゃないんだ』

『冥層のわけないだろ』

『はい、こいつの家特定しました』

一気に流れるコメントに面食らう。

中には、ここが冥層だと信じない視聴者もいるようだが、大多数は俺の言葉を信じてくれた。

だが疑問は多いようで、次々と質問が飛ぶ。俺は一つずつ、答えることにした。

「ええっと、まず住んでない。たまに泊ってるだけだよ」

『だからそれが意味わからんてｗｗｗ』

『どうやって来たん？』

『え、もしかしてめっちゃ強い？』

『ありえんだろ。トップチームが壊滅する環境だぞ』

『てか視聴者数増えすぎだろ。同接30万超えてんじゃん』

『てか、玲様飛ばしたモンスターは？』

三十万人に見られている、という状況にぎょっとしながらも、質問に丁寧(ていねい)に答えていく。

「転移させたモンスターって、杖(つえ)持ったモザイクみたいなやつでしょ？」

『んー、姿はいまいちわからん』

『一瞬だったし』

『遡ってみてきたぞ、確かに杖っぽいの持ってる』

「そいつは50階層付近に偶(まれ)に湧く【変廻の乱杖(ロッドチェンジャー)】ってモンスターだよ。冒険者を下の階層に飛ばして殺す習性があるんだ」

【変廻の乱杖(ロッドチェンジャー)】は、装備収集癖のある奇妙なモンスターで、冒険者の死体から装備を剥(は)ぎ取るのだ。『レアモンスター』であり、俺も一度、50階層から51階層に飛ばされたことがあった。

『こっわ』

『【迷宮管理局】のサイトにも載ってない』

『未発見……誰も生き残ってないってことか』

『50層付近は激戦区だからな。情報入り乱れるから新種の情報も埋もれるし、冒険者が消えるのも日常』

『具体的な発生条件は？』

加速するコメントの中で、重要な質問を見つけた。

「ランダムだと思う」

『対処法は？』

「姿を見つけた瞬間、殺すか逃げる。射程は短いから」

『有効な攻撃は？』

「あー、そこまではわかんないけど、普通に殴(なぐ)れるよ」

『え、なんかプロっぽい質問』

『絶対冒険者だろ』
『このガチ感、最前線組だろｗｗｗ』
『まあ、いるよな。冥層の配信だもん』
『ただで情報聞くのはずるくねえ？』
そのコメントが流れた瞬間、ぽん、と真っ赤なスパチャが飛んだ。
額は百万円。
「うえっ⁉」
『おー、やっぱガチ冒険者じゃん』
『情報料……まあ安すぎるけど』
『勝手にしゃべってたしね』
『推しが眠ってる間に１００万稼いだ件について』
（配信ってこんな感じなんだな。面白いな）
人の配信に偶然ただ乗りしているだけだから、自分でやるのとは違うのだろうが。
（それにしてもすごい額だな。配信者って儲かるんだなー）
貧乏大学生としては、羨ましい。
（まあ、成功したのは彼女の美貌と強さありきだろうけど）

決して憧れてなれるようなものではないだろう。

(俺の探索、華ないし)

勝手に羨んで落ちこんでいる間に、ぽつぽつとツリーハウスを打つ雨の音が強まっていく。

密閉性にはこだわったため、中に雨が降りこむことはないが、俺は顔を顰める。

「まずいな。そろそろ夜だ」

『え、どうしたの？』

『やばい感じ？』

『モンスターとかか』

「ん、いや、モンスターはいないけど、そろそろ準備しないといけないな」

『準備？』

『なんだろう』

俺は部屋の中央に置かれた焚火に火をつけた。

そして、狩ってきた鳥の羽を毟って葉で包み、火にかける。

「晩ご飯」

『腹減ってただけかい(笑)』

『すげえ太った鳥だな、モンスター？』

『家の中で火かけていいの？』

「【ピポポ鳥】っていうんだよ。多分この階層最弱。飛べないから簡単に捕まえられるしね」

『へえ、馬鹿みてえな名前』

『なんか昔絶滅した鳥に似てる』

『ビーバーだっけ？』

『それトリじゃねえし今も元気に生きてるわ。ドードーな』

「火は大丈夫。この森の素材、やたらに頑丈だから」

『不思議素材だな』

『だいぶ呑気（のんき）だな笑。今、晩ご飯とか』

「今だからだよ。この時間帯ぐらいしか食事のチャンスないんだよね。それにちゃんと食べないと、身体動かないから」

『おぉ……さらっとえげつない環境匂わせるじゃん』

『抜けてる人だけど、ちゃんと冒険者なんだな』

何か知らんけど評価上がった。

俺は真剣に火加減を見極め、肉の入った葉を裏返す。

『おー、真剣』

「火加減むずいんだよ、この鳥」
すぐに焦げるから目を離せないのだ。
灰の熱を移すように火を通さないといけないから調理も面倒。
だが、とんでもなくうまい。
俺は味を思い出して、ごくりとつばを飲み込んだ。
しばらく、パチパチと火の弾ける音と外の雨音だけが聞こえる。
『穏やかだな』
『ＡＳＭＲとしても最高じゃん』
『こういうのもいいなー』
『誰のチャンネルかわからんけどなｗｗｗ』
『美少女がダンジョン探索するチャンネルであってますか？』
『キャンプチャンネルじゃん』
「よし焼けた！」
俺は素早く肉を取り出す。
葉を剥くと中からは肉汁でぱんぱんに膨れた鳥の丸焼きだ。
『うおぉおおおお！　旨そう!!』

『なにこれ～、ぷっるぷるじゃん……』
「飛ばない鳥だからか、脂肪満載でうまいんだよね」
脚を持ってナイフで切る。
切り口から一気に肉汁が溢れ出してくる。
『……めっちゃ食いたい』
『うっわ、ダンジョン産の食材じゃん』
『上層の食材でも高級品だよね。下層のなんて一部の富豪しか手に入らないし』
『ここ、冥層です』
『どんだけうまいんだろ』
視聴者の人には申し訳ないが、これも冒険者の特権だ。
俺は切り取った肉を噛む。
「――――んっ!!」
口の中一杯に肉汁が広がっていく。
肉はほろりとほどけ、噛むたびにうまみが染み出してくる。
「そのままでもうまいけど……」
俺は塩胡椒を振りかけ、がぶりともう一口食べる。

「これもこれでいい………」

油の後味を、さっぱりしたスパイスの香りが拭ってくれる。

至福だ………。

「もっと調味料持ってくればよかったなぁ」

『くっそ、なんでこんな時間に旨そうな肉見せられなきゃいけないんだ………!』

『飯テロやめろ』

『キロいくらすんだろ』

「値段はよくわかんないな。持って帰ったことないし」

てか、売れるんだ……。

一人で足一本分食べたところで、俺は眠っている彼女のことを思い出す。

「一人で食べきるのはあれだよね。彼女にも残しといたほうがいいかな」

『あー、そうね。食べたがるかもね』

『さっき干し肉食ってたじゃん』

『あの程度、玲にはおやつだ』

「なら、そろそろ起こさないとね」

出発する時間も考えれば、食事をする時間はあまり残っていない。

俺は横になった彼女の元に向かう。

眠る彼女の肩に手を当て、軽く揺する。

「ごめん、そろそろ起きられる？」

「……………んん」

彼女は寝苦しそうに身じろぎをし、長い睫毛に彩られた瞼(まぶた)を震わせる。

なんだか起こすのが申し訳なくなってくるが……。

やがてぱちりとその目が開く。

焦点の合わない黒い瞳は、顔を覗き込む俺で止まる。

一度、瞬きをして、じっと俺の顔を見上げてくる。

「おはよう」

「……………おはようございます…………私を助けてくれた人ですよね？」

彼女は身体を起こしながら、小さく呟いた。

その声は、冷静で落ち着いた響きを含んでいた。

だけど鈴が鳴るように可愛い声は、耳朶(じだ)をくすぐるように心地よい。

「一応、そうだね」

彼女は軽く伸びをしたり、飛び跳ねたりして、身体の調子を確かめている。

軽快に揺れるログヘアーと、破損した防具から覗く白い肌から目を背ける。

いろいろ目の毒だ。

傷が痛むのか、彼女は小さく顔を顰めて、俺の方へと向き直った。

そして丁寧に腰を折り、頭を下げる。

「私、南玲って言います。【オリオン】所属の冒険者兼配信者をしています」

「初めまして、俺は白木湊です。どうぞよろしく」

「……それ本名ですか？」

「そうだけど、駄目だった？」

「駄目ではありませんけど……配信中ですよ？」

彼女が指さす先には、配信用のドローンが宙に浮いていた。

「あ、そうだった」

『本名把握』

『やめたげろよｗｗｗ』

『俺は忘れたよ？』

『俺も』

『50万人に本名バレは流石に可哀そうだわ』

『てか、知らない名前。有名冒険者じゃないんだな』

『今更だけど何者なの、この人？』

『あんまり身体能力は高くなさそう。スキル寄り？』

『じゃね？』

【✓オリオン公式】うちの冒険者がすみませんでした』

「いえいえ、俺が勝手にミスっただけなんで」

【✓オリオン公式】それとあの……そろそろ救助の打ち合わせをしたいのですが』

『公式困惑で草』

「ああ、そうだね。えっと、救助の人はどこまで来てるんですか？」

【✓オリオン公式】50階層と51階層の連結路までです。そこまで当クランの南を護衛していただけないでしょうか。報酬は救助後に相談という形にはなりますが、納得していただける額をご用意します』

『無茶苦茶言うじゃん』

『Ｈｅｙ，Ｂｏｙ，けが人連れて冥層を突破してくれよ！』

『なぞのラッパー誤訳』

『冥層での護衛なんて、億積まれてもやらんだろ』

『いや、冥層で泊まってる人だぞ？　簡単なんじゃね？』

『簡単かどうかは関係ないだろ』

『いや、やるべきだろ。金とかじゃなくて、冒険者としてのモラルじゃん』

『断ってもいいです』

「いや、全然やるからね!?　別にただでもいいし。俺も大学あるから帰るところだったから」

　コメント欄が荒れ、公式さんが叩かれ出したので、俺はそう言った。

『ついでみたいに言うなぁｗｗｗ』

『ただは駄目よ。逆に後々揉めるパターンだから』

「大丈夫です。報酬は私が払いますから」

「あー、じゃあ後々……」

「はい。お金でもそれ以外でも……私にできることであれば」

（なんか含みのある感じがえろいんだけど……！）

「というか、大学生なんですね」

「そうだよ。あ……」

『把握しました』

『またやらかしてるｗｗｗ』

『白木湊。大学生。把握しましたわ！』

色気に惑わされたところに質問されて、つい正直に答えてしまった。

「私、高三なので一つ上ですか？」

「そうだね」

『18、19か』

『年齢も把握しましたわ！』

「――――ッ!?」

個人情報が、抜かれてる!?

「都内？」

「と……とがいだよ」

『都内じゃんｗｗｗ』

『とがいってなんだよｗｗｗ』

「とにかく！　移動しよう」

やたら個人情報を抜こうとする彼女の言葉を遮りそう言うと、「はい」と悪戯気な微笑を浮かべながら答えた。

（意外といい性格してるな！　でも、トラウマにはなってなさそうでよかった）

ダンジョンで死にかけた冒険者が、探索やモンスターを受け付けなくなるという話は聞いたことがある。彼女にそんな様子はない。

（むしろ元気すぎる……）

「南さんは」

「玲でいいですよ」

「玲さんは」

「玲です」

「………れ、玲は」

『陰キャかい』

『顔赤らめんなｗｗｗ』

『いや、この美少女は照れるよ』

『今日の玲様押し強いな』

『俺も巨乳ＪＫに名前呼び強制してほしい』

（く、黒歴史だ……）

「今から移動するけど動ける？」

「………はい。でも戦うのは厳しいですね」

彼女は無手だ。武器は落としたのだろう。
平気そうに振る舞っているが、傷も深い。
『結構きつくないか？』
『場所によるだろうけど』
「無理なら置いて行ってください。人を巻き込む気はありませんから」
彼女は俺の目を見てはっきりと告げた。
（強い人だな）
自分の死が眼前にあるのに、他人を見れる人だ。
それは、優しい人でもあるということだ。
「大丈夫だよ。別に戦わないし」
彼女は訝しむように眉を寄せた。
疑り深いその様子は、人に懐かない狼みたいで面白かった。
「それでこれからだけど……あ」
彼女の視線は【ピポポ鳥】の丸焼きに向いている。
というか離れない。丸焼きだけしか見てない。
そうだった、このために起こしたんだった。

「えっと、食べ」

「食べます」

めっちゃ食い気味だった。今日一声が大きかった。素手で食べていたのに下品さはなく、むしろ気品すら感じられた。もしかすると、育ちはいいのかもしれない。

俺は彼女が食べ終わったタイミングで声をかける。

「よし、腹ごしらえは済んだし、そろそろ出るか」

「そうですね。腹7分目というところでしょうか」

腹7分目……。

ほぼ丸まる一羽食べてたし、その前に俺の干し肉全部食べたよね？

(まあいいか。それよりも50階層に向かわないと)

外の雨は強まっている。

じきにこの森も、散る。

俺はツリーハウスに置いてあった予備の外套を取り出し、彼女に被せる。

「なんですか、これ？」

「森の葉で編んだ外套。雨を弾けるから深く被って」

『確かに水弾いてたな』

『一番厄介な雨をこれで無効化できんのか。結構重要な情報じゃね？』

「よし、行こうか。俺のあとを遅れないようについてきて」

俺は扉を開けた。

一気に室内に吹き込む風と雨粒。

そして、散っていく木の葉たち。

玲は慌てて深く外套を被る。

その中に配信用のドローンも慌てて引き入れていた。

ドローンの形に柔らかく歪む双丘を見て、ちょっとうらやましく思いながら、俺は周囲を観察する。

(だいぶ水位も来てるな)

すでにツリーハウスのすぐ下まで水で浸かっている。

森は見る影もなく、巨大な池へと変貌していた。水面に広がる無数の波紋が、今も水嵩を増し続けていることを示す。

その水も当然、雨と同様に、あらゆる物質を溶かす水でできた。

でも――――

「意外と天気は穏やかだな」

「はい？　どこが!?」

『大荒れじゃん！』

『これ全部溶ける雨でしょ!?』

『環境どうなってんだよ』

　これでも雨脚も風速も、普段よりは大人しめだ。怪我人を連れて行くにはちょうどいい夜だった。

　俺は森の外へと向かって、枝から枝へと飛び移っていく。

　玲もついてきている。

　流石の身体能力だ。

（これなら、もうちょっと飛ばしてもいいな）

　俺はペースを上げた。

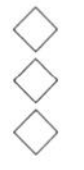

（――――速い！）

玲は前を行く湊の背を必死で追いかける。

傷を負っており、身体が十全ではないことを差し引いても、玲は着いて行くだけで精一杯だ。

濡れた枝の上を駆けるその動きは、冥層で活動する冒険者という肩書に説得力を与えていた。

（速さだけじゃなくて、音もほとんどしてないし、めちゃくちゃね）

足を滑らせたら終わりだというのに、平然と進んでいく湊の正気を玲は疑う。

コメントを見る余裕もなく、数十分ほどかけて森から出た。

久しぶりに踏みしめた地面の感触に玲は、ほう、と安堵の息を吐いた。

「ようやく抜けたね」

「私、何時間も彷徨ってたんですけど……」

今までの苦労はなんだったのかと、怒りすら湧いてくる。

そんな玲に、湊は柔らかく笑いかける。

「ははっ、道がわかんないと一生出られないんだ。そういうふうにできてるから」

表情に反して物騒な内容に、「そうですか……」と玲は短く呟き視線を逸らした。

外から森を見ても、ただの森でしかない。

大きく広がった池の姿も、全く見えない。

（多分あの場所は窪地になっているのね。水をはじく葉が地面に重なり、雨水を溜める。そし

て雨を避けて逃げ込んだ生物を迷わせて、溶かして殺す。悪辣すぎるでしょう）

下層の過酷な環境が、天国に思えるほどの大自然の殺意を、玲は感じ取った。

「いいよなあ、この大自然の感じ。雄大でいつまでも見ていたいよ」

「はあ………」

（やっぱりこの人、変な人だったわ）

玲は確信した。

「それで次はどうするんでしょうか？」

玲は恍惚とした目で森を眺める湊へと恐る恐る声をかける。湊は、「そうだなぁ」と軽い声音と共に、振り返る。

「まず、現在地を教えようか。俺たちが今いるのは階層の南部だ。出口があるのは北側だから正反対になる」

『うっわ、一人で動いてたら絶対、途中で死んでたじゃん』

『出口から遠いところに飛ばすとか、あの杖、殺意高すぎだろ』

玲もコメントを見てゾッとした。

考えなしに動いていたら、すぐに死んでいただろう。

だけど、なんの偶然か湊と出会えた。

「では、この平野を抜けるのですか？」

「いや、絶対行っちゃ駄目」

湊は固い声音で否定する。

平野は、見渡す限り緑の芝生が続くだけである。

遠くは雨で黒く染まり、見通せないが、風で揺らぐ雨に打たれる大地は静かで、モンスターの姿もなかった。

玲には特に危険があるようには思えなかった。

『普通っぽく見えるけど』

『なんで？』

玲の視聴者も同じ疑問を抱いたようだ。

「この階層の最大の危険はなんだと思う？」

「それは……雨でしょうか。生物を溶かす雨は危険すぎます」

「それだけじゃないけど、まあ正解。この階層のモンスターは大きく二種類に大別されるんだ。雨で死ぬモンスターと死なないモンスター。この遮るものが何もない平野にいるのは後者だ」

最前線で戦う玲の肉体すら溶かす凶悪な雨。

それに触れても死なずに生存できるモンスター。

「それは、強そうですね」

「強いって言うか、化け物だよ。だから絶対近寄らないでね。流石に助けられなくなる」

「はい、気を付けます」

自分を助ける、という言葉に、玲は新鮮な響きを感じながらも、素直に頷いた。

最後に一度、視線を送った中央の平野は、不気味な静けさに包まれているように思った。

『怖すぎんな』

『下の階層への道もそこかな?』

『どうだろうな。玲ちゃん聞いてよ』

『冥層の冒険者でも倒せないモンスターってどんなバケモンだよ』

『家主さん、強者感すげえ』

(ううん、それはたぶん違う。この人はそんなに強くない)

玲は冒険者としての感覚で、コメントの言葉を否定する。

恐らく湊自身の力は玲とさほど違わない。否、玲よりも劣っている可能性もある。

だけど湊には、玲が死にかけた階層を平然と進める何かがある。

玲はじっと湊へ視線を注ぐ。

目覚めてからずっとしているように。

それから湊と玲は、平野と森の境を進んでいく。右手には広大な平地が広がり、左手には木々が繁茂している森があった。

湊が言うには、この階層はいくつかのエリアで構成されており、エリアの狭間は比較的安全らしい。

だがそれでも、急に道を外れたり、止まったりすることは多かった。

玲にはその行動の意味はわからなかったし、湊も説明しなかったが、きっとモンスターを避けているのだろうと推測できた。

だがそれでも、全てのモンスターと出会わないことは不可能だ。

それは、突然森から飛び出してきた。

雨音に紛れ、その足音に玲が気づいたときにはすぐ真横にいた。

(――――っっ！　戦わないと！)

剣を引き抜くため、腰へと伸びた手は、宙を切った。剣は、遭難の中、失っていた。

それに気づいた瞬間、玲の頭は真っ白になった。

「あ…………」

モンスターの眼光が、玲を射抜く。モンスターはノーモーションで玲に飛び掛かった。

その瞬間、湊は玲の腕を引っ張り、位置を変わる。

腰から引き抜いた鉈を振り下ろし、爪を迎え撃つ。
雨の中、火花が散り、掻き消される。
お互いに後退し、一瞬の間が空いた。
玲はそのモンスターの姿を見た。
長い爪に痩せ型の体。
黒い体毛に覆われた姿は、熊と狼を混ぜたもののように見えた。
明らかに危険なモンスター。
玲は加勢しようと立ち上がる。
次の瞬間、湊は懐から笛を取り出し、吹いた。
ビィイイイ、という甲高い音が、響き渡る。
「何を⁉」
『うるさっ！』
『なになに？』
『一瞬で全然わからん！』
『モンスターだよ！　襲われた！』
『カメラも追えてないじゃん』

皆、湊の行動に困惑する。

だがモンスターは忌々しそうにグルリと低く鳴き、森の中に姿を消した。

「ほら、急ぐよ」

湊は玲の手を取り、駆け出した。

「今のモンスター、どうして逃げたんですか？」

繋がれて手の大きさに意識を取られながらも、玲は気になっていたことを聞く。

「警戒心が強いから」

「……はい？」

「えっと、あの場所は平野に近いから、音に誘われて平野のモンスターが寄ってくるのを警戒したんだ」

「それだけで逃げるってわかるんですか？」

「わかるよ。あのモンスター、痩せてたでしょ？　多分森での縄張り争いに負けたんだ。弱ってるから確実に勝てる俺たちを狙った。でも、音に寄ってくる他のモンスターには勝てないし、そんなリスクを冒すほどには飢えてない」

もうちょっと飢えていたら襲ってきただろうけど、と湊はなんでもないように答える。

「それを一瞬で見極めて、笛を吹いたんですか」

信じられない、という思いで玲は言う。

それをするには、モンスターの生態を把握し、なおかつ個体の状態を見極める目が必要になる。

それは、モンスターを討伐し、成果物を収集、売却することを生業とする冒険者の在り方とは異なる能力だ。

言うなれば、『狩人』。自然と同化し、共存する在り方だ。

「モンスターも動物だから、無駄に戦ったりしないし、種類によっては共存もできる」

「ダンジョンのモンスターは本能的に人間を襲う、というのが定説で、生態系を構築するという話は聞いたことがないのですが」

『俺も冒険者だけど、あいつらダンジョンを徘徊して人間を襲うだけじゃん』

『有名な学者も、通常の動物とは違う思考回路で動いてるって言ってなかったっけ？』

『どうなんだろ？　何時間か前にいた学者さんいないの？』

『あの自称学者な』

『まだいるんじゃない？』

『いるよ。コメントで言ってるのは轟先生の「モンスターと通常生物の差異」って論文だよね。

確かにモンスターは人を襲う本能が強いって結論付けられているけど、下層に行くにつれて、地上の生物と似通った習性が見られるようになるとも言われているから、全く違うと断言するものではないね』

『おぉー、まじ学者だったんだ』

『ただのマニアかもよ』

「あー、コメントの人がほとんど言ったけど、冥層のモンスターはほとんど動物とおんなじだと思うよ。人を優先的に狙ってるけど、絶対に殺すって殺意はないし、リスクを感じたら退く」

『へぇー、確かに野生動物っぽいな』

『あの顔怖い獣型も実際逃げたしね』

『実際、ダンジョン潜ったことある奴からしたら、冥層は違いすぎる』

『なんでそうなるんだろ？　モンスターが賢くなるからとか？』

「俺の持論だけど、広くなるからじゃないか？」

「………広いって、ダンジョンがですか？」

そんな単純なことで？　と玲は疑わしく思う。

「そうそう。上層や下層って狭いんだよ。だからモンスター同士の縄張りがかち合ってるから生態系も何もないし、モンスターも殺気立ってる」

『冥層見ただけだけど、広いよな』

『水平線まであるもんね』

『家主さんの言う通りだとしたら、学術的に大きな発見ですね』

「そうなの？　あんまりわかんないけど。とか言ってる間に到着です」

「え？」

『え？』

『もう着いたん？』

『はやない？　冥層の常識は知らんけど』

「広いっていっても直径10キロぐらいだからね」

「そうはいっても早すぎますけど………」

流石に呆(あき)れを滲ませながら玲は言った。

これが常識ではないことは流石にわかる。

50階層との連結路は巨大な大穴である。

通称【天への大穴】。

名前の由来は、この大穴を降りて生きて帰ったものはいないからだ。

それを下から見上げている。

ただの暗い大穴だが、玲は感慨深そうにじっと見つめる。

「ふふっ」

湊は面白そうに玲を見る。

「……なんですか」

玲は頬を赤らめながら、じとりと湊を見返した。

「いやあ、他の景色には興味なさそうだったのに、こんなただの大穴に見惚れるなんて変わってるなぁと思って」

「うっ……だって、私にとっては冥層の象徴みたいなものですから」

『あー、わかるなあ』

『どの冒険者もこの『大穴』越えに憧れるもんだしな』

『変な雨が降る人食い森よりは冥層！　って感じあるよな』

『照れてる玲ちゃん、可愛すぎる』

「それに、またこれるかわかりませんから」

愁い(うれ)の帯びた表情で、玲は言った。

彼女は今日一日で、冥層の恐ろしさを嫌というほど知った。

今の自分にはまだ早すぎる。

いや、再び来る日はこないのではないだろうか。

そう思えるほど、玲は何もできなかった。

(だからこそ、彼はなんなのかしら)

玲は大穴を見上げる湊を見る。

あまりに異質な冒険者。

彼は玲の前でろくに戦うことはなく、階層を案内しただけだが、その行動の背後には、玲には見通せない経験と知識があった。

それでもこの出会いは、長く停滞していたダンジョン攻略が変わる契機になる。

(知りたいけど、教えてはくれないわよね)

そんな予感を玲は抱いていた。

(でも、繋がりはできた)

玲は、助けてもらったお礼を個人的に返すと約束している。

それは確かな縁だ。

また会って、話をすることもできるだろう。

それを楽しみにしている自分を、いつもの冷静沈着な顔の下に押し込めて、玲は無表情を装った。

（誰かいるな）

俺は大穴の上にいる二つの気配を捉えた。

公式さんから聞いた話と照らし合わせれば、この二つの気配が救助なのだろう。

なら、さっさと登ったほうがよさそうだ。

「登れそう？」

大穴に階段なんて親切なものはついていない。

自力でよじ登るしかないのだが……

「登り切ります」

玲は真っ直ぐに俺の目を見てそう言った。

だけど、彼女の端正な顔には隠し切れない疲労が滲んでいるし、全身は痛々しいほど汚れている。

ここまで来ただけで限界だろう。

（配信に乗るのは困るけど……切らないって約束したし）

仕方がない。俺は割り切り、『スキル』を使うことにした。

『スキル』、それはダンジョンで手に入る『オーブ』を飲み込むことで覚えることができる超能力のようなものだ。

スキルは時に、冒険者にとっての切り札となる。

「【物体収納】」

俺はスキル名を唱える。

俺の前方の地面に、蜃気楼(しんきろう)のように一辺2メートルほどの箱が生まれる。

「これは……収納系のスキルですか……！」

玲はかなり驚いた様子で息を呑む。

『まじか！』

『流石にいいスキル持ってんな！』

『億越えスキルってやつだろ』

『初めて見た！』

『見せてよかったん？』

『俺氏、冒険者。羨ましすぎて血の涙でそう』

「やっぱり珍しいんだ、これ」

「当たり前です。【物体収納】が宿ったオーブは、一つ一億越えで取引されるほどですから。実際には欲しがる冒険者が多すぎて、その取引に辿り着ける人は稀ですけど」

えぇー、そんなレベルなんだ……

知らずに使ったのを後悔しそうだ。

「どうして急に出したんですか？」

玲は箱の取っ手をつんつんと突いている。

さらりと流れる黒髪をかきあげると、不思議そうな表情が露わになる。

「これがいるでしょ」

箱を開けると、中からロープを取り出す。

「どうしてですか？」

「え、だって縛らないと落ちちゃうじゃん」

きょとん、とした顔をしていた玲だが、ロープの使い道に気づいて顔を真っ赤にする。

「い、いい、要らないです！　ていうか、自力で登れますから！」

「いや、無理でしょ。結構長いよ、この大穴」

「なら、ちょっと休憩できれば」

「それも無理。ゆっくりしてたらモンスターが来るから」

「〜〜〜〜〜〜〜〜〜ッ!!」

反論を失くした玲は、ぱくぱくと口を動かすだけの人形になってしまった。

俺は彼女に背を向けてしゃがみ込む。

「ほら、早く」

「………ぅうううっ!? わ、わかりました。配信切ってくるので待っててください！」

『異議あり!!』

『そんなんなしよ！』

『おんぶされてる玲様みたい！』

『二人っきりはだめー！！！』

「うるさい！　もういいでしょう、あとは穴を登るだけなんだから！」

流れるコメントを無視して玲はドローンの電源を切った。

沈黙したドローンをポーチにしまい、早足で俺の元に戻ってきた。

俺を見下ろすその表情は影になっているけど、赤くなっているとわかるほどで、力強い黒曜石のような瞳は、恥ずかしさからか、さらに鋭くなっている。

率直に言って、ちょっと怖い。

顔立ちが美人系だからか、威圧感があるが、それを言ったら爆発しそうだから言わなかった。

「……では、よろしくお願いいたします……！」

玲は覚悟を決めて俺の背に身体を預ける。

「はい、よ――――ッ!?」

（やっわ……！）

同時に俺は、背に押し付けられた感触に全ての語彙を失った。

とにかくすごい。存在感がすごい。

服越しなのに、こんなにわかるんだ……すげえ。

長い黒髪が首元をくすぐり、変な声が出そうだ。

バニラのような甘い香りもするし、俺は変な気になる前にさっさと立ち上がった。

玲を支えるために足に手を回す。

やはりこちらも柔らかい。

手のひらから二の腕にかけて、女性らしい肌の感触と、自分のものではない体温を感じる。

「……えっと、ロープ、腰辺りに回して」

「……はい。こんな感じで」

「あ、うん。多分大丈夫、だと思う」

配信が止まっていてよかったと、心の底から思う。

もしカメラが回っていたら、真っ赤な顔をした情けない男の顔が一生残るところだった。

これ、思ったよりも恥ずかしい。

ダンジョンの中だからか、妙な背徳感があるし、ロープを結ぼうと動かすたび、玲が息を呑む艶やかな声が耳元でして、そのたびに顔に熱が集まる。

「じゃあ、登るよ」

「はい。お願いします」

俺は大穴の淵に手をかけ、登っていく。

動くたびに押し付けられる感触を意識しないように、無心で次の足場を探す。

だというのに、そんな俺の苦労も知らず、玲は首元に回した手に力を込め、ぎゅっと強く抱き着いてくる。

「ちょっ、玲、もうちょっと離れられる？」

「何言ってるんですか？　離れないように結んだんじゃないですか」

「いや、そうだけど……！」

そうだけど、そうじゃない。

言葉にしにくいことだけに、困っていると、くすくすと、玲は耳元で堪え切れないように笑った。

……この子、意外と余裕だな。

「なんだ。湊、先輩も恥ずかしいんじゃないですか」

「……そりゃそうだろ」

「平気そうに言ってきたので、慣れてるのかなって」

「女子をおんぶするのは初めてだよ」

「ふぅん」

離れろと言ったのに、玲はますますくっついてくる。

首元に当たる吐息で、彼女の呼吸を肌で感じる。

「じゃあ、お互いに初めてですね」

耳元でぼそりと呟かれた言葉に、勘弁してくれと俺は心の底から思った。

それから大穴の上に辿り着くまで、どこまでも熱く、甘い彼女の身体に、俺は理性の限界を試され続けた。

苦行のような穴登りを始めて、十分ほど、ようやく終わりが見えてきた。

(ようやく着いた……)

精神的な疲労でぐったりとした俺と、対照的に元気な玲は、ようやく50階層に戻ってきた。

【天への大穴】が存在するのは、なんの変哲もないルームだ。

冥層の空気を感じ取り、モンスターは寄り付かず、もしもの時を考え、冒険者も入りたがらない。

そんなルームには先客が二人いた。

「手を貸すよ」

俺は差し出された手を取り、穴から這い上がる。

立ち上がると、俺は手を貸してくれた彼を見下ろす。

そこにいたのは、少年のような姿をした男性だ。

腰には長刀を佩いており、その先端は地面を擦りそうだった。

和装的な防具を纏う特徴的なその姿は、冒険者に疎い俺でも知っている。

「本当に冥層から出てくるとはね。すごいものを見たよ」

柔らかく、落ち着いた笑みを浮かべるこの男こそ、日本で三本の指に入る近接戦の達人。

橋宮両だ。

メディア露出も多く、有名人を間近で見た俺は、少し言葉に詰まる。

「ど、どうも」

結局返せたのは、そんな面白みのない言葉だけ。

「玲、生きてるね？」

「は、はい。大丈夫です！」

玲は背負われている状況を恥ずかしく思ったのか、慌ててロープを切って立ち上がる。

だが、ぐらりとバランスを崩す。

まだ疲労が癒えていないのだろう。

俺は咄嗟に手を出し、彼女の身体を支える。

「大丈夫？」

「はい、ありがとうございます……」

玲は俺の手を握り返し、恥ずかしそうにそう言った。

そんな玲を珍しそうに橋宮両が見ていた。

そして、もう一人。

橋宮両と距離を取り、こちらを静かに観察している者がいた。

華やかな金髪をサイドテールに結わえた少女だ。

その立ち姿はネコ科動物のようにしなやかで、目つきが悪そうに見える三白眼も合わさり、鋭い印象を受ける。

(なんだ、殺気？)

ダンジョンでモンスターが向けてくるような透明な殺意。

それを彼女の碧眼から感じる。

「乃愛、やめなさい。失礼だよ」

「……わかってるから」

橋宮が窘めると、ようやく収まった。

「すまないね。彼女の持病のようなものだ」

「いえ、気にしてないので」

「……へぇ～」

そう言うと、なぜか金髪は楽しそうに八重歯をむいて笑った。

「乃愛、おかしなことはしないで。私の恩人よ」

冷徹な声音が、ダンジョンのルームを貫く。

俺は一瞬、それが玲の言葉だとわからなかった。

「なんで？　れいちーも気になるでしょ？」

「そうだけど、それとこれとは話が別よ。助けてもらったんだから」

「それはれいちーだけね。私には関係ないから」

「恩人だから、おかしなことしたら潰すって言ってるんだけど？」

「……は？　死にかけに何ができるの？　れいちーがミスったせいで私の休日潰れたんだか

ら、ちょっとぐらい楽しんでもいいでしょ」

「…………」

「…………」

今にも殺し合いを始めそうなほど、緊迫していく空気。

これで休日に一緒に出掛ける仲だというのだから、最近の若者はわからないと、両はため息を吐いた。

このまま放っておいたら戦い始めるとわかっている両は、仕方なく仲裁に入る。

「二人とも、意味のない争いはやめなさい」

「……意味は、あります」

「そうそう。やる気ないなら黙っててよ」

「……はあ。そもそも、君たちが争う理由の彼は、もういないけどね」

「「は？」」

二人は周囲を見渡す。

いつの間にか、湊はどこにもいなかった。

（すごい隠密能力だね。冥層で動けたのも、その辺が関係してるのかな）

両も気づいたのは、湊が消えた後だ。

（悪意のある人物には見えなかったし、彼の持つ技術、冥層の知識を手に入れられれば、ダンジョン攻略を一気に進められる）

両は【オリオン】の首脳陣として、湊を見ていた。

（冥層の攻略、それはどの国、冒険者も成し遂げていない偉業だ。新たなモンスターの素材や『オーブ』は国力に直結するし、それをもたらした者が得る名声、権力は桁外れに大きいものになる。問題はそれを、彼が理解しているかどうか）

『白木湊』のことは、配信を通じて、全世界に知れ渡った。

これから始まるのは、世界を巻き込んだ白木湊の争奪戦だ。

否応なく、彼を中心にダンジョン攻略は変わっていくだろう。

久しく感じなかった高揚と期待を、両は感じていた。

2章　初めてのパーティー

『玲を助けた例の家主の件』
名も無き市民　001
「乱立する家主さんスレの中では一番センスを感じた」
名も無き市民　002
「今すごいもんな」
名も無き市民　003
「もうお祭りよ。個人の冒険者だから地上波では流れてないけど、ネットはこれ一色」
名も無き市民　004
「俺、配信見てないんだけど、誰か説明して」
名も無き市民　005
「大人気配信者、南玲がモンスターに冥層に転移させられた。偶然冥層でキャンプしてた家主さん（白木湊）が助ける。は？　こいつ何者？　↑今ここ」
名も無き市民　006

「キャンプ？」
名も無き市民　００７
「うん。お肉焼いてた。めっちゃ旨そうだった」
名も無き市民　００８
「あそこの切り抜きめっちゃ再生されてたよなｗｗｗ」
名も無き市民　００９
「海外人気すごいよな。やっぱ言葉なしでも通じる飯ってすごいわ」
名も無き市民　０１０
「これからどうなるんだろうな」
名も無き市民　０１１
「勧誘しようとするグループは増えるだろうな。なんせ多分世界唯一の『冥層冒険者』なんだから」
名も無き市民　０１２
「これを機にダンジョン攻略進むかもな」
名も無き市民　０１３
「噂では海外の勢力も動き出してるとか」

名も無き市民　０１４
「ゴシップだろ、それ（笑）」
名も無き市民　０１５
「いや、そうとも言えんだろ。今、どこの国のダンジョン攻略も冥層直前で止まってる。でも、もし家主さんがダンジョンの最前線を更新したら、日本だけが他の国よりもダンジョン攻略で先に行くことになるからな」
名も無き市民　０１６
「先行者利益ってやつ？」
名も無き市民　０１７
「だな。家主さんはゲームチェンジャーになるだろう」
名も無き市民　０１８
「俗な話だけど、めっちゃ金持ってるんだろうな」
名も無き市民　０１９
「それは知らんが、俺は無名だったのが気になるな」

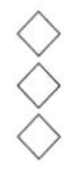

俺の両親は『狩人』だ。

ダンジョン発生後、漏出した魔素の影響で狂暴化した野生生物を狩ることを生業としており、俺も小さいころから両親の『狩り』についていっていた。

山奥や雪原、時には人里離れた未開の地にまで踏み込むことも珍しくなかった。

そんな場所に子どもを連れて行く親も親だが、それを楽しんでいた俺も俺だろう。

両親は人里に害を与える動物を狩ることはあっても、不必要に狩ることも、娯楽として命を奪うことはなかった。

だからだろう、高校生のときに小遣い稼ぎにダンジョンに潜り始めた後、自然とモンスターを狩るのではなく、観察し、やり過ごすようになった。

それが冒険者として異端の方法だと気づいたのはずっとあと。

一緒に潜る友人も仲間もいなかった俺は、ただひたすら、ダンジョンの奥へ奥へと進んでいった。

そして出会ったのだ。今までの階層とは一線を画す『世界』に。

地上ではありえない環境、それに適応した動植物たち。

過酷で、そして美しい世界に俺は魅了された。

冥層に辿り着いて一年。すでに永住できるほど理解は深まっているが、そんなことはできない。

なぜなら、俺は大学生だからだ。

「よお、湊。大人気だな」

「……優斗。おはよう」

にやにやと嫌な笑い方をしながら声をかけてきたのは、俺の大学の友人、山田優斗だ。

サークルの朝練が終わったばかりなのか、午前中とは思えないテンションの高さだ。

「こんなことになるなんて……」

俺は憂鬱を隠さずに言った。

大学の構内を歩いているだけなのに、明らかにいろんな人から見られている。

ダンジョンとか、配信とか、心当たりのある単語も聞こえてくる。

「昨日のはすごかったからなぁ」

「優斗も見たの？」

「おう。つーか、大体の奴は見たんじゃね？　同接50万超えてたし、トレンドにも載ってたぞ」

「……そうか。そうだよねー……」

大学に来るまでもいろんな人に見られた。

視線恐怖症になりそうだ。

この窺うような視線は、講義室に入っても変わらない。

できるだけ後ろの席に座って、講義が始まるのを待つ。

「てかお前、ほんとに冥層行ってたんだな」

「前にも言ったじゃん……」

「いやあ、頭おかしくなったかと思って」

けらけら、とひとしきり笑った後、優斗は真面目な顔をした。

「それで、お前どうすんだ？」

「何が？」

「いや、これからの冒険者業だよ。どっかのクラン入ったりすんのか？」

「え、そんな予定ないけど。てか、まともな冒険者じゃない俺を入れるクランなんてないだろ」

俺はモンスターと戦わず、到達階層だけを増やした冒険者だ。

他の冒険者も、モンスターを無視すれば俺と同じように冥層に行くこともできるだろう。

昨日は偶然、有名配信者を助けたから注目されただけで、クランに入るとかいう話は飛躍しすぎている。

そんなことを優斗に言うと、「まじかよ」って顔をしていた。というか言っていた。

「お前、これ見てみろよ」

そう言って優斗が見せてきたのは、動画投稿サイトの動画だ。

動画のタイトルは「【勧誘】冥層の冒険者へ」

「ん？」

「【ファイバーズ】からお前当ての勧誘動画だ。世間知らずのお前でも【ファイバーズ】は知ってるだろ？」

名前ぐらいは知っている。有名なダンジョン配信者だ。

登録者数は四〇〇万人を超えているはずだ。

そんな有名人が俺に？

「お前ＳＮＳやってないからな。これだけじゃなくて、各種ＳＮＳでもいろんな冒険者、クランが声明を出してるぞ」

「おぉ……まじか」

中には俺でも知ってるような有名クランや冒険者の名前もあったし、ダンジョン関係の企業のものもあった。

え、謝礼？　会いに行っただけでお金くれるの？

俺のような貧乏大学生には魅力的な文字が並んでいる。

「羨ましいぜ……流石は俺の友だ」

しみじみと優斗はそんなことを言っている。

俺の冥層での探索の話を、頭がおかしくなったと聞き流していた奴が何を言っているのだろうか。

「今のとこ、クランに入る予定はないぞ」

「はあ？　なんでだよ。人生勝ち組確定だぞ」

優斗の言っていることは事実だ。

有名クランに所属するのは難しい。

試験倍率は桁外れに高いし、ライバルは全国、全世界から集まる冒険者たちだ。

だがその分、所属することができれば、フリーの冒険者とは一線を画すサポートが受けられるし、手に入る金、装備、名声も約束されたようなものだ。

冒険者の憧れと言ってもいいだろう。

だが俺には難しい。

「クランに入っても、義務もあるだろうし、金も収めないといけないだろ。俺、そんな金ないし、あんまり強くないからな」

所詮（しょせん）は歪（いびつ）な冒険者だ。

マジな冒険者と並べばボロが出る。

「俺は今まで通り、ダンジョン生活を楽しむさ」

ダンジョンで最低限、生活できるだけのお金を稼ぎながら、冥層という大自然での暮らしを楽しむ。それが大学卒業後の予定だ。

「……お前って常識ないよな」

理想を語ってやったらボロクソに言われた。

なんて奴だ。

「おはよう～！　山田くん、白木くん！」

男二人で寂しく話しているところに黄色い声が投げかけられる。

声の主は美しい女性だった。

ロングスカートに白いブラウス、シンプルで清楚（せいそ）な服装が、セミロングのブラウンヘアーによく似合っていた。

今日も朝から可憐な笑顔を浮かべている。

「おう、おはよう！」

「お、おはよう」

彼女の名は、班目美音。

ある講義のグループで一緒になったことから、偶に話すようになった同級生だ。

「動画見たよ、白木くん！　私が知ってるよりすごい冒険者だったんだね！」

「そうか？　えっと、ありがとう……」

褒められた嬉しさを隠しながら、俺は答える。

そんな俺を優斗はにやにやと見ていた。

「班目さんも見たんだな。こいつ、結構かっこよかったよなぁ」

「――――！」

「そうだね、びっくりしちゃった！　ＳＮＳで流れてきた動画開いたら、大学の同級生がいるんだもん！」

くすり、と班目さんは、その時のことを思い出したのか、楽しそうに笑顔を浮かべた。

……ああ、癒やされる。今日来てよかったなぁ。

「じゃあ私、友達来てるから！」

「おー、またな」

「また」

班目さんは前の席の方で、友人らしき女子と合流した。

彼女が完全にいなくなると、優斗は肘でつついてくる。

「……なんだよ？」

「今日もあんまり話せなかったな」

「うるさい……！　緊張するんだよ！」

「動画じゃあ、あんな美人の配信者と仲良くやってたじゃねえの。あの感じで話しかければいいだろ」

「――――っ、動画のことは忘れろ！」

こいつ、しばらくこの話題で揶揄う気だ。

俺は優斗を無視して、講義の準備を始める。

…………やっぱりもっと話しかければよかった！

そんな後悔を抱えながら、一限と二限の講義を受け終わった俺は、講義室のある学部棟から出る。

周りにも、講義終わりの学生が多く移動している。

(学食で食ってから帰ろうかな)

普段はそうしている。だが今日は……。

（やっぱりさっさと帰ろう）

俺は周りから集まる視線を感じ、そう決めた。

自炊をするのは面倒だが、衆人環視の食堂で食べるよりはましだと思ったのだ。

俺は大学の正門へと早足で向かう。

そこで俺は違和感を覚えた。

（なんか、人が多い？）

普段は正門に近づくほど人が減っていくのだが、今日はその反対で、正門付近に学生が多く集まっている。

何かあるのだろうか。そう思い、人混みの奥を見て、俺は顔をひきつらせた。

そこには、昨日見た顔がいた。

彼女は黒曜石を溶かし込んだように艶やかな黒いロングヘアーを、風に遊ばせながら姿勢よく立っている。

同色の瞳は力強い意思を宿し、知性と冷静さを感じさせる。

細い肢体は白布のように滑らかだ。それでいて柔らかな起伏にも富んでおり、同じ女性ですら感嘆するように息を漏らすだろう。

柔らかそうな肌は果実のように瑞々（みずみず）しく、涼（すず）しい表情は儚げで、俺も思わず視線が吸い寄せられた。
（南玲⁉）
昨日助けた冒険者が、なんの変装もせずに立っていた。
その事実に、俺は硬直する。
服装は、都内でも有名な進学校の制服だ。
普段、大学で見かけない服装ということもあり、やたらと目立っている。
美人で有名な彼女に話しかけに行く者も当然いる。
派手な髪色をした男が近づき、何事かを話しかけるが、鉄壁の無表情で断られていた。
（なんか、人を待ってるとか聞こえたんだが……）
嫌な予感がする。
俺はそっと離れようとする……が、その瞬間、彼女と目が合った。
「……あ」
にっこりと彼女はこちらへ微笑みかけた。
百合（ゆり）が花開くような変化に、当然その場にいた者の視線はこっちに向く。
「こんにちは、湊先輩」
「……あ、うん、こんにちは」

……とても居心地が悪い。

遭難した配信者と、それを助けたよくわからない男。

そんな組み合わせに、好奇の視線が降り注ぐのを感じる。

玲は、この手の注目に慣れているのか、平然としていた。

「昨日の件でお話があって来ました」

「ああ、急に消えてごめん。えっと……」

「場所を変えましょうか」

落ち着かない様子の俺を見て、玲はそう言ってくれた。

……高校生なのに随分しっかりした子だ。

「こっちから出ようか」

正門の方は、人が集まりすぎて動けないだろう。

俺は正反対の右方にある裏門へと向かう。

玲もその後をついてくる。

「いつもそれで出歩いてる、の？」

「もっと砕けた口調でいいですよ」

「……いつもそれで出かけてるのか？」

俺はなんにも遮られていない彼女の美貌を見て呆れたように言った。

それじゃあ、まともに歩けないだろう。

「いえ。普段は変装してますよ？」

そう言うと、彼女はスクールバックからマスクとメガネを取り出してかけた。

小顔だからか、顔のほとんどがそれで隠れる。

それでも、フェイスラインや目の形から、美人だとわかるのがすごい。

これでもまだ目立ってはいるが、彼女＝南玲とはならないだろう。

疑われるかもしれないが、移動していれば話しかける者はいないはずだ。

「聞きたいことが多いんだけど……」

「なんでもどうぞ。湊先輩に隠し事はないので」

「まず、その湊先輩っていうのは？　昨日も聞こうと思ったんだ……けど……」

言葉を濁したのは、彼女が俺をそう呼んだのが【天への大穴】を登っているときだったから。

あのときは、呼び方を聞くような余裕はなかったのだ。

玲もそのときのことを思い出したのか、恥ずかしそうに視線を逸らす。

「………冒険者の先輩なので」

ぼそり、と答えた言葉は、か細く消えそうだった。

うん、何かごめん。変なことを思い出させて。

「それに私の志望校がここなんです。なので、来年からは大学の先輩、ですね」

「へえ！　意外だな。もっといい大学行くもんだと思ってた」

そう言うと、彼女は視線を逸らして「そうですね」と言った。

なんだろう、言いづらい理由でもあるんだろうか。

「あと、なんでここの学生ってわかったんだ？　俺、言わなかったのに」

それだけは死守したのだ。

なんなら都外だとも言っておいたのに……！

「話した内容で都内だということはわかっていたので。あとは知人や友人の同級生に湊先輩がいないか探したんです」

「おぉ……なるほど」

俺は友人の多い陽キャ特有の連絡網に恐れおののきながらも、一応納得した。

「それで話って？」

「はい。助けていただいた報酬の話です」

「あー、別にいいのに」

「駄目です」

「あ、はい」

支払われる側が別にいいって言ってるのに、支払う側に断られた。

本当に真面目な子だな。

「何か要望はありますか？」

「いやあ、何もないなぁ」

「………お金なら、五億ほどでいかがでしょうか？　私個人が支払うので、分割にしてもらえたら助かるのですが」

「ごっ……!?　高すぎない!?」

「冥層からの救助と考えれば、妥当だと思いますが」

五億。俺のような貧乏大学生からすれば、高すぎる金額だ。

貰えるならもちろん貰いたい。しかし……

俺は横を歩く少女を見る。

高校の制服に身を包む彼女の姿を見ると、年下であると強く感じる。

そんな少女から金を巻き上げる大学生……。なかなか心の痛む光景だ。

なんとかして断りたいが、彼女の黒曜石のような瞳からは、力強い意思を感じる。

どうしようかと考えていると、前方に班目さんがいることに気づいた。

「…………！」


ここは講義棟の近くだ。いてもおかしくはない。

彼女もほぼ同時に俺に気づき、そして俺の横を歩く制服姿の少女を不思議そうに見た。

ま、まずい！　変な勘違いされたか⁉

「やっほ！　さっきぶり～！」

「あ、うん。こんにちは。講義終わり？」

「そうだよ！　えっと……えぇ⁉」

班目さんは少女が玲だということに気づいたのか、驚愕の表情を浮かべる。

玲は訝しむように班目さんの全身を見渡し、小さく頭を下げた。

「初めまして。湊先輩のご友人ですか？」

「そうだよ。班目美音です。動画、いつも見てます！」

無表情の玲と、満面の笑顔の班目さん。対照的な二人だが、美女二人が集まった光景に、周囲からも何事かと視線が向く。

だが俺は、そんなことにも気づかないほど、班目さんに友人と言われたことを喜んでいた。

やばい、顔がにやけそうだ。

そんなことを思っている俺は、こちらをちらちらと窺っていた玲に気づかなかった。

「じゃあ、私行くね！」

一言二言、雑談をすると、班目さんは用事があるのか、小走りで去っていく。

「はい」

「また明日！」

俺は上機嫌に手を振る。

今日は結構話せたな。

「……好きなんですか？」

突如、玲がそんなことを言い出した。

「はあっ⁉」

真っ直ぐに見上げてくる顔には、確信めいたものを感じる。

「可愛い人ですよね。私と違って愛嬌があって、スレンダーでスタイルよくて。ああいうのが
タイプなんですか？」

「いや、別に顔が好きとかじゃなくて……」

「なくて？　なんですか？　気になります」

めっちゃ詰めてくる……。

なんか悪いことをした気分だ。

正直、年下の少女に話すのは照れくさいのだが、じー、っと見つめてくる視線は俺に絡みついて離れない。

「……その、明るいところとか気遣いできるところとか、いろいろだよ」

「……」

「何か言ってくれない？」

「いえ、ちょっと意外です」

「意外？」

「はい。湊先輩ほどの冒険者なら、女性の一人ぐらい簡単に口説けると思ってたので」

「……ただの大学生だよ、俺」

「それはないですけど、どうなんですか？　デートとかしました？」

玲は興味津々な顔で聞いてくる。

大人びていても女子高生だ。

恋バナ大好きなのだろう。

「いや、全然そんなのはないなぁ。優斗……友達とかと何人かでご飯とかはあるけど」

「ですよね。そんな感じしました」

スンッ、ってなった。

さっきまで興味津々だったのに。

「話を戻しますけど、湊先輩って冒険者って感じしないですよね。だからモテないんじゃないですか？」

「モテるかもしれないだろ………」

「ないですね。ダンジョンで稼いだお金は使い切るタイプですか？」

「お前、なかなか言ってくるな………。稼ぐも何も、回復薬とか防具の整備代でカツカツだよ」

そう言うと、玲はぱちくり、と大きな瞳を瞬かせた。

「何買ってるんですか？　万能薬とか？」

「そんなわけないだろ。普通の回復薬だよ。俺はモンスターを倒さないから、オーブの稼ぎがないんだよ」

飲み込めば『スキル』が手に入る不思議な球体、『オーブ』。

オーブはモンスターの心臓部分から抽出され、冒険者の収入の大部分を占める。

基本的にモンスターと戦わない方針の俺は、オーブも、オーブに次ぐ収入源であるモンスター素材も手に入らない。

そう説明すると、得心がいったように玲は頷いた。

「私の持論ですけど、男は金ですよ」

「最近の高校生はませてんな。そんなこと言うのはやめなさい」

綺麗な顔して何言ってんだ。

「そこはほら、性格とか一緒にいて楽しいとかの方が大切じゃない？」

「それはある程度気になっている人に限りますね。性格を見てもらうのに必要なのは、顔がいいとかお金持ちとか、有名人とかっていう、わかりやすいステータスですよ」

「……………そうだね」

淡々と怖いことを言う玲の言葉の後ろに、「だからお前はモテないのだ」という幻聴を聞いた。

玲は一通り俺を論破して満足したのか、ふぅ、と桃色に艶めく唇から息を吐く。

「よければ私がお手伝いしましょうか？」

「え？」

「湊先輩だけだったら一生かかっても彼女作れなさそうなので。助けていただいた恩もありますし」

「……………それはあれ？　女子の目線から、デートに誘うアドバイスをくれるとか？」

「いえ。お金を稼ぐ手伝いです」

そっちかい！

まあ、それも助かるけど。

「どうやるんだ？」

「湊先輩が稼げない最大の理由は、モンスターを倒さないからですよね」

「そうだな」

冥層のモンスターは強すぎる。

冥層で生き抜くためのスキルは覚えている俺だが、身体能力は低い。

正確に言えば、モンスターを倒すことはできるが、リスクが高すぎるのだ。

「簡単な方法です。私が倒せばいいんです」

「ん？」

「湊先輩が私を冥層に連れて行って、私が冥層のモンスターを討伐すればいいんですよ」

それってつまり………。

「パーティー、組んでみませんか？」

ダンジョンには規則性がある。

その一つが、『安全領域（セーフティーエリア）』だ。

10階層ごとに存在する『安全領域（セーフティーエリア）』にはモンスターが湧かず、冒険者たちの拠点となっている。

『安全領域（セーフティーエリア）』のもう一つの特徴は、エリア間の転移である。

『安全領域（セーフティーエリア）』の中央に生えている水晶に触れることで、『安全領域（セーフティーエリア）』から『安全領域（セーフティーエリア）』へと転移することができる。

この機能を利用することで、はるか地底の50階層へも一瞬で行くことができるのだ。

俺たちは大学から出た後、とりあえずお試しということでダンジョンに潜ることにした。

場所は、【渋谷ダンジョン】。昨日、玲が遭難したダンジョンである。

俺たちは50階層の『安全領域（セーフティーエリア）』に向かうため、10階層の『安全領域（セーフティーエリア）』に辿り着いた。

10階層の『安全領域（セーフティーエリア）』を一言で形容すれば、『地底湖』だろうか。

洞窟型の狭いダンジョンの奥に、突如現れる広大なルームと青白く輝く地底湖は、初めて訪れた冒険者を虜（とりこ）にする。

冒険者になりたての数年前は、来るたびに感動していたものだが……。

「やっぱり混んでるな」

「はい。人が鬱陶しいですね」

「そこまでは言ってない」

俺より冒険者歴浅いのに、地底湖に飽きて人をも厭うようになった冒険者が横にいた。

「玲ってだいぶマイペースだよな」

「そうですか?」

「うん、絶対にそうだよ。今だって平然としてるし」

地味な革製の防具に身を包む俺はともかく、明らかに下層素材でできた防具に身を包む玲は、目立っている。

別に露出度が高いというわけではないが、肩や太ももの一部は白い肌を覗かせており、スタイルのいい彼女によく似合っていた。

大学でもそうだったが、その美貌と知名度もあり、どこにいても視線を集めている。

「慣れですよ」

「……ああ、そう」

冥層に再び行くことになり、多少なりとも緊張しているのかと思ったが、そんなこともなさそうだ。どちらかと言えば、俺の方が緊張している。パーティーを組んで誰かとダンジョンに潜るなんて初めてだ。

（今回だけのパーティーだ。クラン所属の彼女と一緒に潜るなんて奇跡だし、記念だと思って気楽に行こう）

自分に言い聞かせるようにそう思い、ふう、と大きく息を吐いた。そして数分後、転移待ちの列は進み、俺たちの番になった。

俺たちは50階層へと飛んだ。

50階層の『安全領域（セーフティーエリア）』は、【世界樹】と呼ばれている。

植物と岩の迷路が織りなす50階層の中心にひときわ高く聳（そび）え立つ一本の巨木、それが『安全領域（セーフティーエリア）』となっている。

5階層は、現状のダンジョン攻略の最前線。

冒険者はほとんどおらず、いてもやたらと凶悪な装備に身を包んでいる。

そんな世界樹を出て、【天への大穴】へと辿り着いた俺と玲は配信開始を待っていた。

「本当にいいんですか？　配信して」

「まあ、別にいいぞ。昨日大体見せたから隠す物もないし」

今はそれよりも、玲と二人きりになるほうがしんどい。

マイペースな彼女とコミュ障な俺とではほとんど会話がないのだ。

それに後々二人でダンジョンに潜ったと知られた方が厄介なことになる。

玲の視聴者、ちょっと面倒そうだったし。

「では、始めますね。3、2、1………」

浮遊する配信用ドローンに光が灯る。

配信タイトルは「【冥層】お試しパーティー」である。

『おっ、始まった！』

『こんちはー』

『こんちは～～～』

『今日もお美しい!!』

『あの人いるじゃんｗｗｗ』

『配信タイトルからそうじゃないかなって思ってたけどね』

『結局【オリオン】入るん？』

『争奪戦勝者は【オリオン】かぁ～』

『クランに入ることと引き換えに、玲ちゃんにあんなことやこんなことを………』

『―――ッ！　許せん！』

『いいぞ、もっとやれ』

おぉう、カオスだ。

とても対応しきれないコメントが凄まじい量流れている。
だが玲は慣れているのか、平然と挨拶を始めた。
「こんにちは、南玲です。今日はお試しです」
ちらり、と視線を向けてきたので、俺も慌てて挨拶をする。
……そういうのは先に言っておいて？
「あ、どうも、こんにちは、白木湊です」
『こんちはー！』
『本名で行くのね』
『家主!!』
『家が水没した家主！』
『森に棲む家主！』
「家は水没してないからね？　ギリギリの位置に建ててるから」
『てか【オリオン】入ったん？』
『いろいろオファーあったけどどうすんの？』
『答えないのは不誠実よ』
『【ファイバーズ】に入ってあげて!!』

「えっと……」

所属も何も、そんな予定はないんだが……。

「現状、湊先輩の所属や今後についての質問には答えられませんし、その予定もありません。その手の質問もしないでください」

俺が答えに困っていると、玲が代わりに答えてくれた。

『そうかー』

『まあそうだよな』

『了解です』

『はーい』

『え、呼び方気になる』

『じゃあ今日の集まりはなんなん？』

「今日はお試しパーティーです。戦力が必要な湊先輩と、湊先輩が必要な私で利害が一致しました」

『湊先輩？』

『必要？』

『オレノダゾッ！（湊君ファン）』

『玲ちゃん、ゴリゴリゴリラだもんね』
『やっぱ冥層ソロはきついんだな』
『じゃあ何で今まで一人で？』
『しっ！　やめたげなさい！』
「今日の目標は冥層のモンスター討伐と『オーブ』回収です」
『まじか！』
『この配信やばいぞ？』
『もう同接20万こえたｗｗｗ』
『伝説回確定！』
『冒険者として見逃せんな』
『大丈夫なん？』
『二人で潜るの？』
『……冥層独占かよ。きしょすぎ』
「じゃあ行こうか」
「そうですね」
俺と玲は同時に、【天への大穴】を飛び降りた。

『いったぁあ！』

『おぉおお！』

『家主、帰省』

大穴の深さは１００メートルを超えるが、二人の身体能力なら問題はない。

緑の芝生い茂る地面に、湊たちは着地した。

それと同時に、玲は身をかがめ、湊は周囲を見渡す。

これはあらかじめ湊が玲に指示していた動きだ。

玲は一切のスキルを覚えていない身体能力特化だ。

そして湊はスキルを重視し、身体能力を落としている。

これは、スキルと身体能力がトレードオフの関係にあることを示していた。

人間には、『魔素許容量』というものがある。

これは器のようなもので、ダンジョンに潜り、魔素と呼ばれる特殊なエネルギーを取り込むことで身体能力は上昇する。

だが『スキル』を覚えれば、『魔素許容量』の一部を占有してしまい、身体能力が落ちる。

つまり、魔素許容量が一〇〇の人間が、一〇の容量を使うスキルを覚えれば、身体能力の上限は九〇となる。

この魔素許容量は生まれた時点で上限が決まっており、完全に才能の世界だ。

玲はスキルを覚えずに、身体能力に特化したタイプであり、湊はスキルを多く覚えているスキル型の冒険者だ。

湊は戦闘向きのスキルは一つしか覚えておらず、索敵、隠密系のスキルをメインに使っている。

そのため、周囲の索敵を湊が行い、躱しきれないモンスターを玲が討伐するというのが二人のパーティーの理想だった。

(周囲にモンスターは……いないか)

「大丈夫だ」

「はい」

『すっげえ緊張感』

『やっぱりやばい場所なんだな』

「まあ、今日は玲の命も預かってるわけだし、緊張はするよ。それに、これからするのはモンスターを狩りに行くっていう、普段してないことだから」

『確かに勝手は違うか』

『あんまり緊張しすぎないでー』

『玲ちゃんは平然としてんなｗｗｗ』

「……………どうしますか？」

「予定通り、森沿いを進んで【飽植平地】を目指す」

『【飽植平地】って何？』

「西側にある森のことだよ」

『あれか、獣に襲われた場所』

「そうそう。あの場所は俺も慣れてるし、縄張り争いも激しいから、群れからはぐれた奴を狙う」

「すぐに動きますか？　雨は降ってないみたいですけど」

地上の時刻は昼過ぎ。雨は降っていなかった。

これは基本、雨が降り続けるこの階層には珍しい天気だった。

湊は穴から顔を出して、空を見る。

今にも空が落ちてきそうな灰色の曇天が重く垂れこんでいる。

【ピポポ鳥】の鳴き声も聞こえない。

「動くか」

「わかりました。雨が降ったら森に入る、でいいんですよね？」

「うん」

湊たちは森沿いに移動を始めた。

この階層は、中央の平野をぐるりと囲うように森が広がっている。

中央の平野の名は、【天晴平野（てんせいへいや）】。

雨を遮るものはないため、雨を恐れない強力なモンスターが住む、51階層屈指の魔境だ。

そして周囲に、玲が遭難した【撥水森（はっすいりん）】や、これから向かう【飽植平地】など、様々な特色を持つ森が広がっている。

『溶かす雨怖いな』

『降ってきたら、その辺の森の木で防げんの？』

視聴者は、昨日玲を苦しめた【溶解雨】を警戒しているようだ。

湊は彼らの疑問に答える。

「大丈夫、今は【溶解雨】は降らないから」

『え、じゃあ何が降るの？』

『……おっと、話が変わってきたぞ』
『雨さえ防げれば攻略余裕とか言ってた冒険者、見てる～？』
湊たちは順調に【飽植平地】のある西側へと進んでいった。
だが、その足は途中で止まる。
「ストップ」
玲も止まる。
彼女は声を立てず、静かに腰の直剣へと手を伸ばす。
「モンスターはいないけど、回り道する」
「はい」
玲は疑問を挟(はさ)まず、湊の後をついて森の中へと入っていく。
明らかに、目的地へは遠回りとなるルートだ。
『え、何？』
『なんかいた？』
湊は草や枝を鉈で切り裂きながら先へと進んでいく。
玲も気になるのか、そわそわした様子で湊を窺ってくる。
湊は解説のため、地面を指さす。

「この溝わかる？」

「……………はい。丸い穴、ですか？」

「足跡だよ。【壊脚蜘蛛】っていう、木ぐらいの長さの足を持った小蜘蛛なんだけど」

『それ小蜘蛛？』

『まあ、本体が小さいなら』

『うっわ、想像したらきもすぎる』

『それ強いの？』

「バカ強い。中央の【天晴平野】に住んでるモンスターだからな」

「……………なぜこの森に？」

「子育てのために、森に巣を張るんだよ。この足跡は少し小さいから、孵化した子蜘蛛が【天晴平野】に向かったんだろうな」

『もしかして近くにいるかもしれない？』

「……………！」

コメントを見て、玲も同じことを思い、周囲を警戒する。

「もういないよ」

「どうしてわかるんですか？」

「足跡が古いし、周りに蜘蛛が食べる小動物や虫が戻ってきてる。数日前に通った跡だよ、これ」

『なら、なんで森を進むの？』

「逆に言えば、数日前にはここにいたんだ。しかも生まれたての弱い個体がね。平野と森の狭間寄りにいる可能性が高いから、見つからないように森を進む必要があるんだ」

湊と玲はそのまま足場の悪い森の中を進んでいく。

一時間ほど歩いたところで、二人は背後からモンスターの鳴き声を聞いた。

「これは……悲鳴？」

「平野の方だ。多分、【壊脚蜘蛛】に捕まったな」

獲物を深追いした個体が森を抜け、平野に顔を出したのだと湊は推測する。

そして、飢えた子蜘蛛に襲われた。

玲はぞっと肩を震わせた。

玲は、湊が見つけた痕跡に全く気づかなかった。

もし一人で進んでいれば、飢えた【壊脚蜘蛛】と鉢合わせていただろう。

玲はモンスターの生息域、天候を把握するだけではなく、個体ごとの習性を見極める観察眼まで求めてくる冥層の難易度の高さを改めて感じた。

同様の思いを、玲の配信を見ている視聴者たちも感じた。

『こりゃ、俺らには無理な階層だな』

『確かにな。求められる技術が下層までと違いすぎる』

『ガイドなしじゃあ、進めないどころか死ぬ階層』

『そういえば、配信見て俺らも潜るって言ってた冒険者いたよな』

コメントでは、現役の冒険者たちが活発に意見を交わしていた。

現状、唯一の冥層の攻略配信だ。同業者からの注目度は高かった。

そして彼らの大多数も、玲と同じ結論に達した。

これは、『攻略不可能』な階層だったのだと。

「湊先輩がいなければ、死んでました」

「玲も慣れれば一人で潜れるようになるよ」

「絶対そんなことはありません。今まで私が身に着けてきた技術とは、まるで違いますから」

「下層でやらなかったのか？　モンスターの移動経路を見つけるとか、特定のモンスターを追う、とか」

「………湊先輩。そんな面倒なことをしている冒険者はいません。大まかな『湧き』の場所はわかりますけど、移動経路なんてわかりませんよ」

「え、まじ？」

『おおマジよ』

『そんな面倒なことしない』

『そんなことするぐらいなら、片っ端からモンスター狩ればいいじゃん』

『改めて考えると、冒険者ってモンスターは狩れるけど、ほとんど理解してないよな』

「まじか……脳筋すぎるだろ。モンスターの習性を理解して痕跡を避ければ、モンスターに会わずに下層までは行けるぞ？」

『そんな変態お前だけ』

『痕跡ってなんだよ、そんなん見たことないぞ』

『あれか？　たまに落ちてるクソとかか？』

「排泄物とか毛とか匂いとかだよ」

『知らん』

『そんなんあるの？』

『見つからんよ、あんな薄暗いダンジョンの中で』

『見つけたからどうだっていうんだろうな。その辺にいるってことしかわからん』

湊は絶句する。

（まさかここまでダンジョンについて無知だとは……）

知っておけば探索が楽になる知識を、彼らは知らない。

その理由の一つは、モンスターを討伐することが稼ぎに繋がるからだろう。

だから、観察することもなく狩ってしまう。

狩ったとしても、すぐにまた新しい個体をダンジョンが生み出すから、探すのに苦労するという経験を知らない。

だから冥層で一気に詰まるのだ。

（『冒険者』だからこその落とし穴か）

モンスターやダンジョンに関する知識がなければ、冥層を攻略できないのはもちろん、上層、下層の探索の生存率にもかかわってくるだろう。

（痕跡探しのコツとか教えた方がいいのか……いや、今は探索に集中しよう）

今は探索に集中しなければならない。

湊は警戒心を高めながら森を進んでいく。

すると、段々と視界に映る色が増えていく。

色とりどりの花や菌糸類、水草の類が木々に紛れて繁茂している。

十分に一度は、小規模な泉と遭遇する。

一気に増えた命の気配に、玲は見惚(みと)れた。

まるで、おとぎの世界の不思議の森だ。

『……すっげ』

『きれいすぎる』

『言葉失ってたわ』

『前の配信でも少し映ってたよね？』

「ということは、ここが……」

「【飽植平地】。目的地だ」

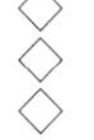

【飽植平地】は豊富な植生と豊かな水資源に恵まれた、モンスターたちの楽園だ。

モンスターを狩るのであれば、ここが最適。

雨を避ける手段も多く、俺も一時期はここを拠点として使っていたほどだ。

そろそろ雨が降るはず。

周期を考えれば、【鉄雨】だ。

「玲、雨が降りそうだから避難しよう」

「雨ですか？　どうしてわかるんですか？」

「空模様とか温度、湿度の変化。あとは雨を検知する【ピポポ鳥】の鳴き声がし始めたことかな」

あの鳥はおいしいだけの鳥ではない。

雨を検知し、鳴くことで、同族に危険を知らせるという特性を持つ。

とは言っても、的中率は50％程度のため、よく絶滅しているが。

俺たちは駆け足で森を進んでいく。

雨が降るということは、あのモンスターも地表に出てきているはずだ。

俺はそれを探す。

「玲、地面から突き出した岩を探してくれ」

「わかりました」

『俺も探すー』

『岩ね』

『それが雨を避ける手段なんかな』

『超貴重情報さんくす』

『知っても行けないから役立たないけどな』

『あ、あれじゃね？』

『奥の方！』

「湊先輩、ありましたよ」

「お、ありがとう」

俺たちはその岩の元に向かう。

近づいてみると、小山ほどのサイズがあった。

表面は凹凸が多く、中には人が身を隠せるほどのくぼみもある。

表面を覆う苔（こけ）や低木に足を取られないように気を付けながら、俺と玲はくぼみの中に身を隠す。

「少し休憩しよう」

「はい」

俺は【物体収納】からシートを取り出し、地面に敷く。その上に二人で並んで座った。

「はい、これ」

「ありがとうございます」

水筒を渡すと、玲は恐縮しながら受け取る。

そして一口飲むと俺に返そうとするので、逆に押し返す。

「大量に【物体収納】に詰めてるから、残りは気にしなくていい」

「なら、いただきます」

玲は再び水筒に口を付けると、水を飲み始めた。

こくこく、と水が流れる音と一緒に白磁のような喉も一緒に上下して、いけないものを見てしまったような気になって、そっと視線を逸らす。

『穏やか』

『冒険者パーティーって感じだな』

『俺は普段の配信の方がいい！』

「…………ぷはっ……ありがとうございました」

「ふっ、うん」

「何か？」

「いや……」

妙にきりっとした顔で水筒を返却するのがちょっと面白かった。だけどそんなことを言うわけにもいかず、適当に誤魔化(ごまか)した。そして会話が、尽きた。

俺は沈黙を誤魔化すように水筒の水を口に含んだ。

ちらりと玲の姿を盗み見る。

彼女は足を崩して座っている。

軽装の防具の隙間から、真っ白い太ももが覗いている。

（足長いなー）

絶対領域ってやつか。この防具作った奴は天才だな。

「そういえば、この場所はモンスターが多いと言っていましたが、注意しておくモンスターはいますか？」

「んっと、そうだな……【飽植平地】のモンスターで言ったら、あいつとか？」

ちょうど、【探知】に影が映った。俺は隠れていた岩陰から頭を出して、少し離れた木陰を指さす。

「あれは……蜥蜴ですか？」

「見えるんだ……目がいいんだな」

『えっ、どれどれ？』

『ズームしろ』

『赤い奴か！』

『駄目だ、わからん』

視聴者の中で見つけられたのは半数ぐらいだった。それぐらい、目立たないモンスターだ。

その姿は一言で言えば、全長30センチほどの赤い蜥蜴だ。

今は木の根に体を巻きつけて眠っており、本来なら目立つ体色も、色鮮やかな花や菌糸類が繁殖するこの【飽植平地】ではあまり目立たない。

「【粘重蜥蜴(ドロップ・リザード)】って名付けた。状況によるけど、この辺りじゃ一番厄介だ」

『ええ、あんな小さいのが？』

『めっちゃ欠伸(あくび)しとらん？』

『むしろ可愛い。持ち帰ってくれ』

「これを見たら飼う気もなくなるよ」

危険だと全く信じてくれない視聴者のために、俺は投げナイフを構える。

ここから数十メートルは離れているが、俺が投げたナイフは寸分たがわず【粘重蜥蜴(ドロップ・リザード)】へと吸い込まれていき――――

「えっ……」

『うおっ⁉』

『何今の⁉』

『なんか画面バグった？』

「体が、伸びた？」

【粘重蜥蜴（ドロップ・リザード）】は、自身の体を薄く伸ばし、凄まじい勢いで投げナイフを切り払った。

投げナイフは中央から真っ二つに断たれ、地面に落ちる。

【粘重蜥蜴（ドロップ・リザード）】はナイフを投げた俺を見るが、やがて視線を逸らし、また体を丸める。

「面白いだろ？　全身をゴムみたいに伸ばして一本の剣にするんだ。刃渡りは2メートルぐらいだな。俺の知る限り、あの斬撃を防いだモンスターはいないから、攻撃力は51階層でも上位だと思う」

中央のモンスターを除けば、だけど。

「………確かに、あの振りの早さと間合いは厄介ですね」

玲は剣に手を添え、じっと【粘重蜥蜴（ドロップ・リザード）】を見つめる。その黒く輝く瞳には、ちろりと薄く燃える戦意が宿っていた。

厄介、と言いながらも、倒せないとは言わないのは、彼女のプライドだろう。それがとても頼もしかった。

『どんなモンスターなの？』

「生態としては、とにかく動かない。ああして木陰で寝てるのがほとんどだ。大型のモンスターを好んで狙うな」

「へえ、意外と勇敢なモンスターなんですね」

玲は感心したように呟く。その声には賞賛の色があったが、俺は小さく笑った。

「いや、だけど上限があるんだよ。自分よりでかすぎるモンスターは狙わないんだ」

「それは……まあ、生物としては自然ですけど」

ちょっと感心した手前、複雑そうに【粘重蜥蜴(ドロップ・リザード)】の生存戦略を褒める。

『えー？　せこ』

『ダサいチンピラみたいやん笑』

『いや、勇敢なんだろうけど、なんか微妙な気分や』

「まあ、真面目に考えると、燃費が悪いんだろうな。だから、ああして動かずにじっとして、可食部位の多い大型のモンスターが通りかかるのを待ってるんだ。狙う獲物のサイズの上限は、伸ばせる体で両断できるかどうかで判断してるっぽい。意外と賢いよな。ちなみに体色はカメレオンみたいに変わるから、赤以外もいるぞ。あとはたまに茸(きのこ)類も食べてるな。毒キノコも食べてたから毒への耐性は高くて、多分本来は雑食だ。だけど強靭(きょうじん)でしなやかな筋肉を維持するために、動物性たんぱく質が不可欠なんだろうな。そう思うと、意外とぎりぎりで生きてる感じがして可愛いんだよ。あとは――」

「えっと、とても詳しいんですね……」

「――――――へ？」

【粘重蜥蜴（ドロップ・リザード）】について語っていた俺は、玲の言葉で現実に引き戻された。横を見ると、玲は困ったように微笑んでいた。

『あーあ、オタク君やっちゃった』

『急に生き生きしだすなよ。高校生のときを思い出すだろ』

『こいつ、モンスターオタクかい』

『玲様ドン引きです』

『ざまあ笑』

（――――――や、やらかしたっ）

今まで人とモンスターの話をしたことがなかったから、加減を間違えた……！

絶対に変な奴だと思われた……もう顔を見られない。

「え、えっと、詳しくてすごいと思いました！」

「――――――っっっ、もう、いいから……！」

『オーバーキルしないであげて笑』

『そっとしといてあげてください』

『早口やったなぁ……』

『本当にダンジョン好きで潜ってるんだな』

「…………変だろ？　ダンジョンが好きなんて」

ふっと息が漏れるように笑う。俺の価値観が一般的ではないことはわかっている。

俺も、何度かパーティーを組もうとしたことがあったのだ。だけど、ほんの少し言葉を交わすだけで『冒険者』は俺とは違うとわかる。

彼らはダンジョンに夢や欲望を叶（かな）える何かを求めて来ている。ダンジョンは危険なナニカで、恐ろしい場所だという。

玲に引かれて、彼らと話をしたときを思い出した。玲も俺を異常者だと言うのではないかと思い、少し返事が怖かった。

「変……というか、変わっているとは思います。珍しい理由ですよね」

「…………だよな」

そこで言葉が途切れる。玲も気まずそうだった。年下の女の子にそんな顔をさせるのは申し訳なくて、俺も頭を振り絞って話題を探す。

「えっと、そういえば、玲はなんで冒険者になったんだ？」

「なんで……私、中学で剣術をやっていたんです」

「え、うん」

話が飛んだ気がして、ちょっと狼狽えながらも相槌を返す。だが玲は至極真剣な顔で話を続ける。

「でも、師範よりも強くなってしまって。なので、人じゃなくてモンスターと戦うことにしたんです。だから私は、私よりも強いダンジョンが好きです。そこは、湊先輩と似てるかもしれませんね」

「い――――まあ、そうかもね」

いや、違うとは言えない……なんだよ、その超人エピソード。強くなりすぎて敵がいないから新天地に行くなんて、それ、どんな強キャラだ。

だけど、花がほころぶような笑みを浮かべて、俺と一緒だと喜ぶ彼女を見ていると、俺の卑屈な心はすっかり奥に引っ込んだ。

「玲が強いのは昔からなんだな。今や【オリオン】のエースで、師範さんも喜んでるんじゃないか？」

感心混じりにそう言うと、玲は困ったように眉根を下げて、沈黙をまとう。何か地雷を踏んだかと焦っていると、玲はぽつりと声を漏らした。

「あの……」

「うん？」

「本当に強いって思ってますか？　私今、役に立ってないのに」

彼女は真っ直ぐな眼差しで俺の答えを待つ。その姿はまるで叱られる子どものようで、とても小さく見えた。

俺は、軽率なことを言ったと自省する。話を聞くに、玲の芯は剣の強さなのだろう。

それが、冥層の環境に阻まれて、揺れている。そのことを、彼女が気にしていないわけがないのに。

「……来る前に玲が言ってた通り、役割分担だよ」

「それはわかってますけど……」

それでも何もできないのが歯がゆいのだろう。

ぎゅっと白い手を握りしめ、玲は悔しさを露わにした。

だけどそれは勘違いだ。

俺は彼女になんの言葉もかけなかった。

そんなことをする必要はないからだ。

もう少しすれば彼女は思い知るはずだ。

この階層が、『環境』だけの階層ではないと。

ぽつぽつと雨が降ってきた。

それは甲高い音を立て、俺たちが身を隠す岩陰にぶつかり、火花を散らした。

玲は空を見上げる。そんな彼女を配信用のドローンも追う。

『雨？』

『雨音おかしい！』

『大丈夫？　何！』

突然騒がしくなった環境に、視聴者は興奮半分、不安半分といった様子だ。

「これは……」

玲はからりと足元に転がってきた雨粒を手に取った。

「鉄、ですか？」

「正確には、鉄を主成分とした合金だな」

【鉄雨】。原理はまるでわからないし、きっと既存の物理法則では説明のつかない現象だろうけど、鉄の粒が雨のように降り注ぐ現象だ。

これはもう雨ですらないだろうと思うのだが、そんなことを言っても雨はやまないので、適応するしかない。

【鉄雨】は【雨劇の幕】に降る雨の中ではましな部類だ。

落ちてくる鉄粒も小口径の拳銃ぐらいの貫通力しかないため、この雨で死ぬモンスターは

【ピポポ鳥】ぐらいだろう。

だが鬱陶しいことは確かだ。この雨を避けようとするモンスターは少なくない。

そういうモンスターは大体、自身の巣穴に引き籠ろうとする。

では、巣穴すら持てないようなモンスターはどうするのか。

「……み、湊先輩、モンスターが」

きゅっきゅ、と袖を引かれる。

玲の視線の先には、つい昨日、遭遇したばかりのモンスター【ディガー】がいた。

『こいつ、昨日襲ってきた奴じゃん！』

『でかっ！』

『昨日のより強そうじゃん！』

『逃げないと！』

「大丈夫。向こうも戦う気はないよ」

俺は立ち上がりかけた玲の肩を押して、押し留める。

【ディガー】は俺たちに気づき、視線を寄越す。

足を止め、じっとこちらを見る表情は、何かを考えているようだったが、顔に当たる雨を不快そうに振り払うと、俺たちの右斜め前方の亀裂に体を隠した。

『え、なんで？』

『意外と大人しいの？』

「いや、向こうも雨宿りが目的だから、今は採めないだけだ」

「つまり雨が止んだときが……」

「いや、違う。仕掛けるのはもうちょっと前だな」

俺は疑問を浮かべる玲をよそに、地面の振動を感じ取る。

降り注ぐ【鉄雨】は森を砕き、大地に突き刺さる。

豊富な栄養素を含むその粒は大地に吸収され、【溶解雨】により弱った土壌をより豊かに作り変える。

それほどの栄養素を含む雨粒だ。

主食にしているモンスターも当然いる。

「――――ッ、地面が揺れてる？」

大地が震動する。

地面は苔むしており、滑りやすいため、壁に手をついてバランスをとる。

「なんですか、これ？」

「ほら、あっち見てみろ」

俺が指さした先には、地面を盛り上げながら出てくる巨大な頭があった。

同時に、俺たちが身を隠す岩山も盛り上がっていき、その全貌が露わとなる。

巨大な岩山から突き出した太い四肢、蛇のように長い頭部と尾。

「亀、ですか」

「【ケイブタートル】。【鉄雨】を主食にしてるモンスターで、【鉄雨】が降るまで地中に潜って過ごすんだ」

「私たちは亀の甲羅の隙間に隠れていたんですか……」

「そうそう。この甲羅、バカみたいに頑丈だから、雨宿りにちょうどいいんだよ」

玲は亀の甲羅で雨宿りという非常識な状況に、驚きよりも呆れが勝ったようだ。

半目でこちらを見つめていた。

【ケイブタートル】は地面に積もった【鉄雨】の粒を鈍重な動きで食む。

動くたびに甲羅も大きく、不規則に揺れている。

「玲。仕掛けるぞ」

「はい？　今ですか？」

地面が揺れている今は、足場も悪い。

それに【鉄雨】も降っている。

玲の疑問は当然だ。

「今だからだよ。とりあえず落ちないように気を付けて。あと、相手を甲羅から逃がさないように」

「は、はい」

俺は玲に、冥層のモンスターの毛皮で作った自作のローブを渡す。

偶然、全身が残っていたモンスターの死体から剥いで作ったのだ。

かなり重いから俺は持て余しているが、身体能力の高い玲なら、多少の不自由を感じるぐらいで【鉄雨】を無効化できるだろう。

玲は深くフードを被る。

「じゃあ、お互いに頑張ろう」

「えっ、もうですか？」

俺に背中を押された玲は、不安そうに亀裂から出る。

だが剣を構えた瞬間、その表情は一変した。揺れていた瞳は静かに獣の四肢を見据え、半身で剣を構える姿は、彼女自身が一本の剣となったように凛々（りり）しい。

直剣を構える彼女の姿を捉えた【ディガー】は、のそりと体を起こして警戒態勢をとった。

だがバランスをとるために普段よりも脚を大きく開いており、厄介な俊敏性は大きく削（そ）がれているだろう。
俺は腰に下げていたボウガンを取り出し、構えた。
いよいよ狩りの始まりだ。

玲はじりじりと地面を擦るように間合いを詰める。
相手は戦ったことのないモンスター、それも【冥層】の個体。
自分の力がどこまで通じるかわからない相手だ。
慎重に、モンスターの一挙手一投足を観察する。
だが不思議と不安はなかった。
（湊先輩が私を信じて送り出してくれた。なら、なんの問題もないわ）
気炎をみなぎらせ、玲は一歩を踏み出した。
瞬間、玲は【ディガー】の目の前にいた。
「ふっ！」
桁外れの脚力で間合いを詰めた玲は、裂帛（れっぱく）の気合と共に刃を振るう。

白銀の軌跡を描く斬撃を、【ディガー】は跳躍することで避ける。

（着地地点は甲羅の縁……地面に逃げる気？　でもまだ間合いの中）

思考は一瞬だった。

【ディガー】が跳躍し、着地するまでの僅かな間で、玲は着地点に先回りした。

（ローブの重さ、足元の苔と振動を考えたら……こうね）

僅かな間で普段とは違う装備、環境に適応し、玲は完璧に身体を動かす。

そして、一閃。

理想的な斬撃は吸い込まれるように【ディガー】の首元に食い込んだ。

【ディガー】にも、それを見ていた湊にすら剣身は見えず、飛び散る鮮血を見て初めて、斬ったと気づいた。

大量の血を噴出した【ディガー】は体をよろけさせる。

確かに断ち切った命の感触に、玲は剣を握りしめた。

（……冥層のモンスターを討伐できた。これで私もようやく役に……！）

『ガ、ガァアアアアアア……!!』

獣はまだ死んでいなかった。

踏みとどまった【ディガー】はほどなく死ぬ。

だが血塗られたモンスターの本能は、最後の最後に眼前の人間へと向かう。

無防備な玲へと伸びる歪(いびつ)な爪。

だが、その爪が柔らかな肉体を切り裂くことはなかった。

玲の背後からありえない角度で飛翔した矢が、ディガーの眼球を貫き、脳へと達する。

ディガーは体を痙攣させ、力なく倒れ込んだ。

倒れ込んだ巨体を見て、玲はようやく呼吸を思い出した。

「湊先輩……ありがとうございます」

玲は、自身と同じように厚手の革のローブを被り、雨の中に出てきた湊へ礼を述べる。

その手には、黒い艶消しをされたボウガンを持っている。

それが玲の命を救ったのだ。

玲は湊へ感謝を述べるが、その表情は暗く、俯(うつむ)く顔には影が落ちている。

「冥層のモンスターは生命力が高いから気を付けて」

「………はい。すみません……」

答える声は、か細く、途切れそうだった。

瞳は黒い前髪に隠れて見えないが、今にも泣きそうなのは声からわかった。

「玲」

湊が声をかけると、玲はびくりと肩を震わせた。

上げられた顔は、湊の想像通りの表情を浮かべていて、湊はつい手を伸ばした。

迷うように一度止まる。だがその手のひらはフード越しに玲の頭を優しく撫(な)でた。

「ありがとう。玲のお陰で狩れたんだ」

「ん……でも、使えないって思ったでしょう？」

「思うわけないだろ。俺だけだったら、こんな簡単にいかなかった。玲が俺を助けて、俺も玲を助ける。それがパーティーだろ？」

「……………はい！」

玲は目元を拭い、力強く返事をした。

『俺らは何を見せられてんだ？』

『おじさん、感動して泣いた』

『青春だなー』

『俺の推しだが……家主さんならいいか』

『お幸せにー』

『くそがっ！　独り身の私への当てつけ？』

「「……………っ！」」

配信のことを思い出した二人は、揃（そろ）って赤面した。

「………」

「………」

その後、俺たち二人は、黙々と作業を行う。

玲はディガーの解体を、俺は周囲の警戒を行う。

本来なら、俺が解体した方が早いのだが、雨音の大きい【鉄雨】の中、モンスターの気配を探るのは玲には難しい。

ちらり、と甲羅の上にいる玲を見る。

配信用のドローンは玲の方についているため、配信で何を言われているのかはわからない。

それがいいのか悪いのか……

(嫌がられてなかったか?)

俺は玲の頭を撫でた感覚を思い出す。

彼女は凛々しく、大人びた少女だが、時折、年相応に幼げな仕草を見せてくる。

あれは反則だ。

「はぁ……気を付けないと」

俺は気を引き締める。

「湊先輩！　取れました！」

甲羅の上から玲が手を振っている。

俺も手を振り返し、叫ぶ。

「……！　了解！　そっちに行く」

甲羅を駆け上がり、玲の側に向かう。

再びくぼみに身を隠した俺たちは、戦利品を確認する。

「使えそうな爪と牙は剝いでおきました。毛皮は真っ二つになったので捨てましたけど」

「それでいいと思うぞ」

俺は黒く、曲がった爪を手に取り、眺める。

【ディガー】の爪をこんなに間近で見たのは初めてだ。

専門家ではない俺でも、この爪の秘めた切れ味を感じ取れる。

加工すれば、恐ろしく鋭利な刃物に変わるだろう。

牙も同様だ。どちらも長さがないため、ナイフぐらいがせいぜいだろうが。

「そして本命の『オーブ』です」

玲の言葉も興奮を隠しきれていなかった。

手のひらサイズの黒い宝玉。その内には、輝く文字が浮かんでいる。

地上のどの言語とも違う『迷宮語（ヒエログリフ）』と名付けられた文字が示すのは、オーブを取り込むことで手に入る『スキル』の名前だ。

「なんて書いてるんだろうな」

「それについては、視聴者の中に読める人がいたので翻訳してもらいました」

「……すごいな。結構難しい文字だろ」

流石、人気配信者。視聴者の層も厚いらしい。

『スキル名は【重裂傷（じゅうれっしょう）】らしい』

「【重裂傷】？　それって……」

『未発見スキル！』

『流石、冥層。字面が凶悪すぎる』

『【迷宮管理局】のサイトにも載ってないし、海外の視聴者さんも知らないって』

『……名前的に戦闘スキルっぽいから、やばい金額つきそう』

『素材もすごそうだし、一体倒すだけで稼ぎはやばそうだな』

『夢あるなー』

『俺も冥層行くわ』

「やりましたね、湊先輩」

玲は凛々しい表情に柔らかな笑みを浮かべ、冒険の成果を喜ぶ。

俺もつられて、笑顔になった。

同時に胸の奥から湧き出す達成感も感じる。

そうだ、こういうのも冒険者の醍醐味だった。

「……よし！　帰ろうか！」

「はい……！」

戦利品を【物体収納】に収めた後、俺たちは地上へと帰還した。

◇◇◇

『冥層のオーブの行方は？』
名も無き市民　０７６
「やっぱりオークション張るしかないか……」

名も無き市民　０７７
「だな。【迷宮管理局】は新発見の素材をバカみたいな低価で買い取ろうとするからまずないだろうし、あとはわからんな。もしかしたら【オリオン】が買い取るかもしれんし」
名も無き市民　０７８
「あるオークションサイトはアクセス増えすぎてサーバー落ちたらしいぞ笑」
名も無き市民　０７９
「【重裂傷】だっけ？　どんな効果なんだろうな」
名も無き市民　０８０
「状態異常系じゃないかって言われてるな。【出血】の上位互換とか」
名も無き市民　０８１
「【出血】ってバカ高いオーブじゃん。それの上位互換が雑魚(ざこ)モンスターから出るんだろ？　冥層夢ありすぎだろ」
名も無き市民　０８２
「まだ確定じゃないけどな。俺的にはモンスターの素材の方が気になる」
名も無き市民　０８３
「てか、お前らには買えないだろｗｗｗ気にすんなよｗｗｗ」

名も無き市民　０８４
「気になるじゃん、誰が買うのかとか」
名も無き市民　０８５
「欲しがる奴は多いだろうね」
名も無き市民　０８６
「海外の動きも気になるけどな。持ち主は一応、フリーの家主さんだろ？　奪いに来そうな国とかありそうだけどな」
名も無き市民　０８７
「あの人、意外と弱いんじゃないか、みたいなこと言われてるし、心配ではある」
名も無き市民　０８８
「冥層の素材が初めて市場に出回るかもしれないんだ。誰が何をしてもおかしくはない」

3章　戦利品の行方

俺たちが潜っている【渋谷ダンジョン】は、地面に開いた大穴から伸びるダンジョンだ。

モンスターの地上進出を防ぐため、地上には防壁が築かれ、ダンジョンを管理するための建造物が築かれた。

その建造物を運営するのは、政府機関である【迷宮管理局】であり、日本国内のダンジョンの管理を担っている組織だ。

ダンジョンから出た俺たちを迎え入れるのは、分厚い金属の防壁であり、それを越えた先にあるのが、【迷宮管理局】の渋谷支部だ。

制服を着た局員がカウンターに並び、『オーブ』や『素材』の売却を担当している。

ダンジョンに潜るためには【迷宮管理局】の認可も必要であり、初々しい高校生ほどの少年たちが列になっている姿も春の風物詩だ。

多くの冒険者たちが行きかう場所でもあり、売店や食堂もあるため、喧騒が絶えることはない。

初めてここに来たときは、雰囲気に気圧されたものだが、今となっては慣れたものだ。

相変わらず目立つ玲へ向けられる視線と、隣に立つ俺へと向けられる探るような視線にも少し慣れてきた。

「湊先輩、私は素材を売却してきます」

「もちろん、50階層までの素材だけです」

と耳元で小さく付け加えた。

「わかった、任せる」

俺はあらかじめ【物体収納】からバックパックに移しておいた素材やオーブを渡す。

ちなみに【迷宮管理局】では、新たに見つけた素材やオーブは売らない。

なぜなら買い叩かれるからだ。

新素材、オーブの有用性は高い。

新素材は、新技術に繋がる可能性があるため、企業や研究機関に、安くても一千万円、上を見ればきりがないほどの高額で売却できる。

オーブに関しては、買い取るのは大金を稼ぐ冒険者の場合が多いので、億単位の値段で取引されることもある。

しかし新素材、オーブは、【迷宮管理局】では『不明物(アンノウン)』に分類され、一律一〇〇万円で買取りされる。

これは、冒険者からすればありえない価格だ。

だが【迷宮管理局】への売却にも利点はある。それは売却価格がある程度安定していることだ。そのため、一般的な素材やオーブは【迷宮管理局】へ、希少なものを売りたい場合はオークションにかけるか、企業やクランに直接売り込むのが常識になっていた。

玲が売却に行ってくれたので、俺は手持ち無沙汰になった。

端に寄り、スマホを取り出す。

俺が考えているのは、【ディガー】の素材と『オーブ』の売却手段だ。

どちらも市場に出回ったことのない超お宝。

売却手段も売却先も、数えきれないほどあるため、悩んでいた。

(俺はどっちもいらないし、玲とか【オリオン】が欲しいなら、そっち優先でもいいかな)

まあ、そのあたりは後ほど玲と話し合おう。

二人のパーティーで取った戦利品だ。所有権は玲にもある。

(どうなっても大金ゲットだな)

俺は興奮を押し殺す。

玲の意見だが、お金を持っている男は魅力的らしい。

俺も貧乏大学生を卒業できるわけだし、奮発しておしゃれして、班目さんをデートに誘おう。

ついでに、しばらくできていなかった装備の更新をしてもいいかもしれない。

これも全部、玲のお陰だ。

【ディガー】を上回る敏捷さ、厚い毛皮と骨を断ち切る剣技、今思い出してもほれぼれする強さだ。

彼女の力がなかったら、冥層で狩りなんてできなかった。

それに、行動に『戦う』というコマンドが増えたことで、探索も移動も俺一人のときよりも遥かに速くなった。

できれば、これからもパーティーを組みたい。彼女と冥層を探索していくうちにその気持ちは強くなっていった。

(だけど、難しいよなー。クラン所属の玲とフリーの俺が組むのは無理だし)

所属の壁というのは、意外と大きい。いざというときの責任問題とか出てくるから、クラン外の人間とパーティーを組むことは基本ない。

(いや、でも今日の配信結構盛り上がってたし、冥層の品が手に入るなら、意外と許可出してくれるんじゃ……………)

冥層というどでかいインパクトはあったが、俺と玲の連携もうまくいったし、冒険者の活動風景としては、かなりよかったのではないか。

（そういえば、玲って普段、どんな配信してるんだろ…………）

俺は玲の普段の探索を知らないことにふと気づき、配信サイトを開く。玲の動画はすぐに見つかった。俺は直近のソロでの下層探索の動画を開き――

「――なと先輩。湊先輩？」

「っ、どうした？」

俺は慌ててスマホをしまう。別にやましいことなんて何もないのに、俺の背にはじとりと汗が滲んでいた。

怪訝（けげん）そうな顔を浮かべる玲の背後には、制服姿の【迷宮管理局】の局員がいる。

玲の表情は険しい。

俺は面倒ごとの気配を感じた。

「湊先輩、局員の方が話があるそうです」

「白木湊様。少々お時間をいただけないでしょうか」

丁寧に、されど有無を言わせぬ口調で頭を下げる局員に、俺は小さく頷いた。

「おい、あれ」

「局員？　呼び出しかよ。久しぶりに見たぜ」

「何したんだろうな」

「さあな」

「………あいつ、冥層冒険者か」

「横のは南玲だな」

「あいつら組んでんのかよ」

「だったら羨ましいわ」

「すごいスタイルだな、おい。同じパーティーなんて我慢できねえだろ」

めちゃくちゃ目立ってる。

ひそひそと囁かれる言葉を、【探知】のスキルが反射的に拾う。

そして最後の奴、正解だ。

探索中も何度も視線が引き寄せられるし、玲の距離が近いから偶に当たるのだ。

男子大学生にはいろいろきつい。

「なんの話だと思う？」

「………冥層のこと以外、ないと思います」

「だよな」

どういう話だろうか。

素材や『オーブ』の買取りの件だと予想しているが、玲の警戒した表情が気になる。

「まずは白木様からお願いいたします」

局員は、支部の中でもひときわ豪華な扉を示す。

俺と玲、別々なのか？

冥層のことを聞きたいなら、一緒の方が都合がいいと思うのだが。

「えっと、わかり」

「いえ、同時でお願いします。あまり時間が取れないので」

「……わかりました。少々お待ちを」

僅かな間の後、局員は扉の奥へと消えていった。

残された俺と玲は視線を合わせる。

「どうした？」

「いえ、恐らくその方がいいと思ったので」

ほんの数十秒で局員は戻ってきた。

二人同時で構わないようだ。俺たちは扉の奥へと通された。

その部屋は応接室だった。

淡い照明に照らされる内装は華美なものが多い。

その部屋の中で待っていたのは一人の男だ。

総白髪をオールバックに撫でつけているが、老人というわけではない。

四十代後半から五十代前半ほどだろう、姿勢のいい立ち姿と皺の刻まれた顔立ちは、息苦しい緊張感を醸し出している。

「初めましてだな、白木湊君、南玲君。座ってくれ」

彼の声は想像通り、低く、重かった。

着席を促された俺たちは彼の対面に腰掛けた。

「私は【迷宮管理局】渋谷支部の支部長をしている中島量吾というものだ。普段は君たち冒険者と接する機会はないから聞きなじみがないだろうが、この【渋谷ダンジョン】の責任者ということになっている」

想像以上のお偉いさんだった。

そんな人に名前を覚えられていると思うと、変な汗が出てくる。

「私たちが呼ばれたということは、『冥層』のことでしょうか」

お偉いさんにも怯むことなく、玲は単刀直入に問うた。

中島支部長は鷹揚に頷く。

「そうだ。君たちの成した『偉業』に、私もその上も大変満足している。なにせ、世界で初めて『冥層』探索を成功させたわけだからね」

彼の表情には喜色が滲んでいる。

『冥層』攻略は、【迷宮管理局】の最優先目標だ。

長らく停滞していたその目標が、自分の管理するダンジョンで進んだ。

それは中島支部長にとっても利益があったのだろうと、部外者の俺でもわかる。

だが、それを伝えるためだけで呼ばれたはずがない。

玲も同様のことを思ったのか、重ねて質問をする。

「……率直に聞きますが、素材と『オーブ』の売却の件でしょうか？」

「そうだ」

中島支部長は即答した。

そんなにあっさりと答えるとは思っていなかったのか、玲は驚いたように軽く目を見開く。

「私も率直に言おう。素材と『オーブ』、共に【迷宮管理局】に売却してほしい」

「それは……」

俺は眉を顰める。

玲は冷めた視線を中島支部長に注いでいる。

【迷宮管理局】に売却しても損しかない。それがわかっているのに平然と提案してきた彼に、僅かな苛立ち（いらだ）も感じた。

だが、それは向こうもわかったのか、静かに言葉を続ける。

「売却額について不満があるのはわかる。だが、その損を飲んでも余りあるメリットを私は提供できると考えている」

「それは、なんですか」

「安全だ」

思いもよらない言葉に、俺は息を呑んだ。

だが玲は思い当たる節があるのか、黙ったままだ。

「これは本来部外秘なのだが、海外からの入国者、それもダンジョン経験者の入国が増えている。合法・非合法を問わずね。狙いは十中八九、君たちの持つ『冥層』の戦利品だ」

そういう噂があることは、先ほど戦利品の売却方法を調べているうちに知ったが、それを支部長という政府関係者に伝えられた衝撃は大きい。

彼らが俺たちと交渉に来たというのならいいのだが、もし奪うつもりなら……。

俺がその考えに達したことを見透かしたように、中島支部長は言葉を差し込む。

「早々に手放すに越したことはないだろう。確かに君たちにとっては大金を手にするチャンスではあるが、唯一無二の品というわけでもあるまい。また『冥層』を探索して手に入れればいい話なのだからな」

「ですが、それを【迷宮管理局】に売る必要はありません。『不明物』としてではなく、正当な対価で買い取っていただけるのですか?」

「いや、それは制度上できない」

つまり、一律一〇〇万円での買取りということだ。

その言葉に玲も怒りを露わにした。

「それは、あまりに身勝手な言い分です」

「そんなことはないと思うがね。もし売却してくれるなら、この騒動が落ち着くまでの間、君たちの身の安全は【迷宮管理局】の支部長として守ると誓おう。特に白木君、フリーの君には今、最も必要な手助けだと思っているよ」

「……それは、脅しのように聞こえるのですが」

玲は鋭い視線で中島支部長を睨む。

端正な顔立ちの美少女の怒り顔は、凄まじい威圧感があるのだが、この手の交渉は相手の方が一枚上手だった。

「そんなつもりはない。だが、我々【迷宮管理局】も、組織として利益のない行動はできないんだよ。私がなんの対価も得ずに君たちを助ければ、納得しない局員も出るだろう。それはわかってほしい」

「それで、どうだろうか」と彼は静かに俺たちに問うてくる。

「「………」」

俺たちは答えに困り、互いに顔を見合わせる。

大金と命にかかわることだ。即答はできなかった。

「私は、湊先輩の決定に従います」

「俺は……」

「今ここで答えが出ないのなら、持ち帰ってくれてもいい。だが、時間の余裕はないと思うがね」

「……わかりました」

結局、俺は答えを出せなかった。

「わざわざ呼び出してしまい、すまなかったね。特に南君、君は予定があったようだが？」

「……まだ余裕はありますので」

「そうか。……そういえば、私も配信を見させてもらったよ。南君の強さは流石だったし、白木君、君の技術にはさらに感嘆させられた」

「は、はぁ、ありがとうございます」

「そこでどうだろうか？　雑談程度に考えてほしいのだが、うちの『局属冒険者』に指導をしてほしいんだ」

「――――ッ、それは⁉」

玲は今日一番の驚愕を瞳に宿し、身を乗り出す。

それを見る中島支部長の視線は冷たく、礼を欠いた玲を咎めるようだった。

玲が再び腰を下ろしたのを見て、中島支部長は言葉を続ける。

「それでだ、白木君。どうだろうか？　もちろん十分な報酬は支払わせてもらうよ。そうだね、額としては五千万ほどだ」

五千万⁉　命の危険もないただの指導だけで、その金額は破格だろう。

それに教える相手も『局属冒険者』だ。『局属冒険者』というのは【迷宮管理局】に専属で雇われている冒険者のことであり、身元もしっかりしている。

揉め事になることもないだろう。

俺としては悪い話には思えないのだが、先ほどの玲の反応が気になる。

そして中島支部長が見せた冷徹な表情も……。

「ありがたい話ですが、俺には荷が重いので」

「…………そうか。この話は急いで結論を出す必要はない。気が変わったら言ってくれ」

そうして、俺たちと中島支部長の話し合いは終わった。

支部を出て、俺はようやく息を吐いた。

配信から支部長との会話まで、慣れないこと続きで想像以上に疲れているみたいだ。

気づけば空はもう夕焼けに染まっている。

隣を歩く玲は、ずっと静かだ。

俯いており、表情は見えない。

「玲？　どうした？」

「…………」

「玲？」

「ありえません！」

「うおっ⁉」

急に大声を上げた玲に俺は驚く。

顔を上げた玲の表情は、苛立ちで歪んでいた。

ちょっと、いや結構怖い。

「えっと、中島支部長のことか？」

「当たり前でしょう。なんですかあの交渉は？　ありえません」

「えっと、具体的には？」

「あれはただの脅しです」

玲の過激な言葉に、俺は驚く。

「そもそも、【迷宮管理局】には、冒険者を支援、保護する役割があります。対価がなければ助けないなんて言い分はめちゃくちゃです」

「……それは確かにな」

「それに、最後の『局属冒険者』への指導依頼、あれも問題です」

「そうなのか？」

まるでピンときていない俺へ、玲は鋭い視線を向ける。

……これは、俺に怒ってますね。

俺が視線を逸らすと、玲は、はあ、と大きくため息を吐く。

「あれは名前を変えた情報収集ですよ。指導という名目で、湊先輩の持っている技術と情報を抜き取ろうとしてたんです」

「まじで？」

「はい。五千万は詐欺です」

「でも、俺が教えなかったらいいんじゃないか？」

「……これだから素人は……」

「ひ、ひどっ！」

『局属冒険者』に美人局をさせて、寝室で情報を抜き取る、契約書で縛る、方法はいくらでもあります。特に湊先輩には前者が効きそうですよね」

「おい、偏見だぞ！　俺はそんなのには引っかからない自信があるね」

「……………はあ。女性経験のない人ほど、根拠のない自身に溢れてますよね」

「………べ、別にないわけじゃない！　そんなに言うなら証拠出せよ！」

「………言ってもいいんですか？」

「え、なに、コワイ」

これ以上踏み込んだら、心に深い傷を負うと俺の勘が告げていた。

「ま、まあ、それはいいんだよ………というか、そんなことするのか、【迷宮管理局】って」

俺は驚き半分、失望半分で呟いた。

「………【迷宮管理局】はダンジョンと冒険者を管理、保護する機関ですけど、ダンジョン産業の発展と共に、省庁にも匹敵する権限と財力を持つようになりました。だから【迷宮管理局】は天下り先にもなっていて、上層部は大体官僚上がりか元政治家、秘書あたりです。彼らは、ダンジョンを金の生る木としか思ってませんし、冒険者は替えの利く採掘者でしかありません。だから彼らに冒険者の権利を守る意識はありません」

「中島支部長もか？」

「そうですね。あれでもましな方ですけど。ひどいのは、国のために情報提供をするのは国民の義務だと平気で言ってくるのもいますから」

日本最大手のクラン【オリオン】に属する玲は、【迷宮管理局】とも接する機会が多かったのだろう。

過去のことを思い出しているのか、玲は不快そうだ。

「じゃあ、あれも嘘なのか？　海外から不法入国してる奴らが俺らを狙ってるってやつ」

「………全てが嘘ではないと思います。ですが、すぐに動くことはないと思うので、早々に売却してしまいましょう」

「そうだな………そのことで話し合いたかったんだ。よかったら【オリオン】で買い取らないか？」

「いいんですか？」

「当たり前だろ。所有権は玲も持ってるんだから」

「………多分、オークションにかけた方が高く売れると思いますけど」

「それを待つのは危険って話だろ。さっさと売れるなら売っておきたい」

「わかりました。帰って聞いてみます。明日には結論が出るかと」

話がまとまったので、俺は玲と別れて家に戻った。

「ただいまー、誰もいないけど」

俺の家は、都内にあるマンションの一室だ。

両親は、今は海外に『狩り』に出ているため、いない。

真っ暗な部屋の電気をつけて、リビングのソファに腰を下ろす。

小学生のころからそうだったので、今更寂しいとは思わないが、一人で食べる夕食は少し味気ない。

適当に作った、名もなき肉炒めと米を胃に流し込む。

その後、武器と防具の手入れをし、風呂に入ると、時計の短針は頂上を指し示そうとしていた。

眠気を覚えた俺は早々に寝ようと寝室に向かおうとする。

そのとき――――

「………」

俺のスキルに何かの反応があった。

俺の覚えている【探知】は、周囲の物体や生命体の位置を把握できるスキルだ。

熟練度の上昇に従い、五感強化や生物の内包する魔素量、物体の材質の選別などができるようになる。

スキルの熟練度はG～Aまであるのだが、俺の【探知】の熟練度はA、最終段階まで使い込んだ【探知】は、かなり広範囲を索敵できる優秀なスキルだ。

（魔素を相当量取り込んだ人間がマンションの出入り口付近に集まってる）


――――海外からの入国者、それもダンジョン経験者の入国が増えている。合法・非合法を問わずね。狙いは十中八九、君たちの持つ『冥層』の戦利品だ。


中島支部長に言われた言葉を思い出す。

ただ冒険者が集まっているだけと言えばそれまでだが、警戒するに越したことはないな。

俺は地面に手を突く。

「【物体収納】」

地面から数十センチ四方の箱が浮かび上がる。

これは【物体収納】の一部だ。

俺の【物体収納】の熟練度はCであり、容量の一部だけを取り出すことができる。

中から、ついさっき整備したばかりの防具と武器を取り出し、身に着ける。

ダンジョン外で武器と防具を見に纏う行為は褒められたものではないが、今はいいだろう。

「【探知】」

周囲を探る。

……正面の入り口と裏口をおさえて、真っ直ぐに俺の部屋の階に向かってきている。

これは、確定だろう。

「まじかよ……！」

俺は覚えているスキルの一つ、【隠密】を発動させて、慌てて部屋を出る。

そして階段を使い、一つ下の階へ避難する。

すると俺と入れ違いで、エレベーターから降りてきた五人組が俺の部屋の前で止まった。

インターホンを押す音がする。

バクバクとうるさく鳴る心音を感じながら俺はスマホを取り出す。打ち間違いに苛つきながらも、電話をかける。

僅かなコール音の後、鈴の鳴るような澄んだ声が聞こえる。

『湊先輩？　どうしました？』

「玲、俺の家に冒険者っぽいのが集団で来てる。部屋もバレてる」

玲の息を呑む声がする。

まさか『冥層』から帰った当日に襲われるとは思わなかったのだろう。

俺もだ。

『今どこにいるんですか？』

「俺の部屋の下の階」

「………大丈夫なんですか？」

『ああ、それは大丈夫。【隠密】も使ってるから多分バレないし』

【隠密】の熟練度もAだ。まずバレることはない。

このまま敵の配置を見ながら外に出ればいい。

『合流しましょう。湊先輩を狙いに来た戦力なら、それなりに強いはずです。倒すのは私が向かってからです』

「ああ、やる気なのね」

『当たり前です。少し、きな臭いですし』

「そうだな――――ん？」

俺は不自然な『魔力』の流れを感じた。

魔力は魔素とは別物であり、外部から取り込む魔素とは違い、魔素を持つ生物の体内で生成され、スキル使用時に消費される燃料のようなものだ。

通常、体内で完結する魔力消費が外部に漏れているということは――

(これは……魔法系スキルか!?)

魔法系スキル。それは読んで字のごとく、魔法のような超常現象を起こせるようになるスキルだ。

これはかなり珍しい。

『オーブ』のドロップ数もほとんどないし、魔素許容量を多く占めるため、覚えられる者は希少だ。

その上、扱うには膨大な魔力とセンスを必要とする。

魔素許容量と魔力量、不変のこの二つの才能を併せ持つものだけが、魔法使いとなれるのだ。

(気流が乱れてる………【風魔法】か)

不自然に体に纏わりつく風を感知したとき、俺は自分の居場所がバレたことを察した。

周囲の気温が低下していく。

広域を包み込む冷気を感じた俺は、慌てて廊下から空中へと身を躍らせる。

その瞬間、俺がいた場所は氷に包まれた。

雨どいの管を掴み、遠心力で下の階の廊下に飛び込んだ俺は、上階から漂う冷気に眉を顰める。

（風と氷の魔法使い⁉）

相手は想像以上の手練れだ。俺が【隠密】を持っていると予想を立て、【風魔法】による物理的な探知魔法で俺の居場所を把握し、即座に【氷魔法】で足を止めようとした。

『――――なと先輩⁉　大丈夫ですか⁉』

「ああ、魔法使いがいた」

『……それは、異常ですね』

「だな。それでどうする？　俺が逃げるか玲が来るか」

『私が行きます』

「オッケー。住所は――――」

玲に住所を伝え終わり、俺は通話を切る。

そして再び、魔法の気配が発せられる。俺は上の階層へと手すり越しに登っていった。

そして予想通り、先ほどまでいた階層に【風魔法】の探知が広がる。

（遠隔で発動してる分、ラグがあるな。これなら余裕で躱せる）

多分、入り口にいる奴らだろう。二つも【魔法】系スキルを覚えているなら、『魔素許容量』の余裕はほとんどなく、身体能力も低いはず。

数人に囲われるようにしている奴だと予想する。

（魔法使いは面倒だな。近接特化の玲には邪魔だろうし……魔法使いだけは俺がやる……！）

俺は大きく息を吐いて、暴れる心音を押さえつける。

……人と戦ったことはない。

俺は今まで誰とも接することなく、ダンジョンを潜り続けただけの男だ。

相手は俺が普段、冥層で相手するモンスターと比べれば遥かに弱いこともわかっている。

それでも、人の悪意に触れ、俺は手足が震えそうなほどの恐怖を感じている。

（……玲にだけ押し付けるわけにはいかない。覚悟を決めろ！）

最後に一度、大きく深呼吸をし、俺は腹をくくった。

ボウガンを構える。

これが俺のメインウェポンだ。

射線は通っていない。だが俺は構わず、廊下から空へ向けて引き金を引く。

空へと昇っていった矢は、空中で不自然に軌道を変える。

大きく弧を描いた矢は、斜め頭上から狙い撃つように加速する。

俺のスキル【射撃軌道操作C】の効果だ。

熟練度Cだと軌道を曲げるだけではなく、加速させることもできる。

加速させても威力はさほど高くないが、人間相手なら十分だ。

だが、音もなく迫る矢は、標的に当たることなく防がれた。

同時に、矢が飛んできたであろう角度を逆算し、俺の上の階で魔法の気配が広がる。

(盾役と探知役がいるな)

探知役が矢に気づき、盾役が防いだ、というところだろう。

相手には俺の手札を晒してしまったが、仕方がない。

探索の基本は情報収集から。緊張しているときこそ、基本に忠実にだ。

落ち着いて動けば、問題はない。

(裏口の奴らは動いてない。マンション内に入ってきた奴らは、上の階へ向かった。今だな)

俺は矢を二発続けて放った。

時間差で放たれた矢の一本目は先ほどと同じように防がれ、そして一本目よりも高い軌道から降ってきた二本目は容易く魔法使いへ突き刺さった。

押し殺した悲鳴を、【探知A】の恩恵で強化された聴覚で聞き取る。

同時に、マンションに満ちていた魔力の気配が霧散する。

(よし！　当たった！　切り札を切ってよかった……魔法は高い集中力を要する。痛みに耐えながら遠隔発動はできないはずだ)

追い打ちしようとボウガンを構えたそのとき、裏口にいた数人が一瞬で倒れた。

感じるのは、彼らを優に超える魔素を内包した人間の気配。

桁外れの速度でマンションの屋上へと飛翔し、俺のいる側へと降りてくる。

俺は矢を放つ。特に軌道は変えずに魔法使いを狙う。

矢は防がれたが、高い動体視力を持つ彼女は、矢の軌道とその先を認識しただろう。

俺の【探知】でも完全にはとらえきれない瞬間移動のような速度に反応できた敵はいなかった。全員が一太刀で切り伏せられていた。

「……ここだ！　この階層から飛んだ！」

「探せ！　どこか、いる！」

違和感のある発音としゃべり方だった。

俺のいるマンションの廊下へと、上の階から階段を使って降りてきたのは、マンション内にいた奴らだ。

五人ほどの集団が、サブマシンガンを手にしている。

（銃器なんて、どうやって持ち込んだんだよ……）

俺は頬を引き攣らせる。

ダンジョンの発生により、武器関係の規制はいろいろ変わったが、銃器に関しては他国よりも厳しい。殺傷能力の高いサブマシンガンを五丁も持っているのは異常だった。

（でたらめに撃たれたらまずい）

狭い廊下で銃を持たれるのは厄介だった。

先んじて倒すためにボウガンを構え、引き金を引こうとしたが、【探知】に引っかかった気配を見て、ボウガンを下ろす。

その気配は玲に匹敵するほどの魔素を吸収しており、空中を凄まじい勢いで進んできている。

（……逆に姿を見せた方がいいな）

俺は【隠密】を解除する。

「――――っ！　おまえ！　手を上げる！」

「逃げる、ない！　降伏しろ！」

五人が武器を構える。

目的は俺の捕獲。降伏するふりをすれば、撃たれることはないと考えたのだ。

そして俺の存在に気づいたのは、奴らだけではない。

「伏せろ！　早――――亜？」

敵の真横から速度を落とさずに突っ込んできた人影は、慣性のまま両手に持った短剣を一人の首筋に突き刺した。

（――殺りやがった……）

暗い夜闇に隠れていたが、俺の顔からは血の気が引いていた。

モンスターの死体や血は数えきれないほど見てきたが、人間が死ぬ姿は、衝撃的だった。

奇襲した人物は、訳もわからないまま死んだ一人から短剣を引き抜く。

俺はその人影に見覚えがあった。

特徴的な金髪のサイドテールは、今はフードに隠れて見えない。

殺意に濡れる碧眼は、冷徹に残り四人の獲物を見据える。

ホットパンツから伸びるしなやかな足が地を蹴る。

一瞬で加速した彼女は、一撃で二人の首を刈り取る。

「――――!!」

残りの襲撃者が奇襲に気づき、武器を構えたが遅すぎた。

凄まじい身体能力から繰り出される双剣の乱舞は、サブマシンガンもろとも、襲撃者を切り刻んだ。

「はぁ……」

期待外れ、とでも言いたそうに艶やかな唇から零れたため息は、憂鬱な色を含んでいた。

消化不良な気持ちを切り捨てるように、短剣を乱雑に振り払う。

そして、彼女の青い炎のように揺れる殺意が、俺へと向かう。

「────っ」

猫に睨まれた鼠のように、背筋をゾッと震わせる。

「……大丈夫だったー？」

玲と同じ【オリオン】の冒険者、柊乃愛は、気だるそうにそう言った。

「ああ、助かったよ」

俺はできるだけにこやかに答えたが、表情が引き攣ってなかった自信がない。

彼女からは妙な威圧感を感じるのだ。獲物を狙う捕食者というか……。

柊さんが何気なく一歩踏み出す。

俺は反射的に一歩下がる。

「………」

「………」

────ッ!?　無言で近づいてきた！

俺も後ろに下がって距離をとるが、廊下の端に追い詰められてしまった。

正面から見上げてくる顔は、玲とは違う系統の可愛さであり、真っ白い肌は青い血管が透けて見えるほどだ。

「えっと、柊さん？」

「乃愛でいいよ。なんで逃げるの？」

「いや、野生の勘？」

「ふぅーん」

なんだろう、この状況。

この子、玲以上に何を考えているかわからない。

それより離れてほしい。シトラスのような甘い香りがして、落ち着かない。

そんなことを思っていると、乃愛の後ろの廊下に人影があることに気づいた。

というか、玲だった。

いつからいたんだろうか、静かにたたずんでいる。

直剣を片手に、人形のようなつぶらな瞳で、じっと俺たちを見ている。

「……あの、玲さん？」

「…………何してるんですか？」

「……何も」

「なら早く離れたら？」

「……はい！」

底冷えするような声に押されて、俺は慌てて乃愛と距離をとった。

玲は乃愛を睨んでるし、乃愛はどうでもよさそうにフードを被りなおしている。

とても気まずいが、年上である俺が最初に話すべきだろう。

「二人とも、助けてくれてありがとう。乃愛……が来てくれるとは知らなかったけど」

乃愛……乃愛？　と呟く玲は見ないことにした。

「別にいいよー、両ちの指示だから」

両ち……ああ、橋宮両さんか。

玲を助けたときに会った小柄な刀使いだ。

【オリオン】の首脳陣までかかわる事件になったのか。

「両さんは下の敵を拘束しているわ。ここのは……乃愛が殺したみたいだけど」

「別にいいでしょ？　生け捕りなんて数人でいいじゃん」

「……まあ、そうだけど」

ため口の玲は新鮮だが、話している内容は物騒だ。

乃愛は五人殺したが、相手は銃器を持ち、魔法まで使っている。

殺しても罪には問われないだろう、多分。その辺のことはよく知らないが。

遠くから、ファンファンとサイレンの音が聞こえてきた。

警察も呼んでいたのだろう。

これから始まる警察の事情聴取と後処理を考え、憂鬱になりながら、俺たちは橋宮さんと合流した。

4章　橋宮の提案

警察からの事情聴取は、意外にも一時間ほどで済んだ。

こちらに橋宮さんがいたことも大きかったのだろう。

警察官は俺たちに同情的だった。

警察署から出たところで、橋宮さんと玲、乃愛と合流できた。

「やあ、災難だったね」

「橋宮さん、この前は挨拶もできずにすいません」

「いいよ。あのときはむしろ、うちの乃愛が失礼な態度をとってすまない」

「いえ、気にしてないので」

……橋宮さんはまともな人のようだ。

俺と彼は固い握手を交わした。

「ねえ、場所変えない？」

「そうだね。湊君、よければ【オリオン】の拠点に来ないかい？　家は……帰れないだろう？」

「えっと、助かるんですが、いいんですか？　俺みたいな部外者を入れて」

「構わないさ。玲とパーティーを組んでたから、完全に無関係というわけでもないしね」

悩んだが、行く当てもないのでお世話になることにした。

俺たちは迎えに来た【オリオン】の運転手付きの車で、拠点へと向かった。

車内はとても広かったし、冷蔵庫まであった。

いろいろと落ち着かなかったが、橋宮さんたち三人は平然としていた。

こういうところで、住む世界が違うと感じる。

【オリオン】の拠点は都内にある。

というか、かなり有名だ。なにせ、でかくて広い。

テーマパークほどの巨大な敷地は、分厚い外壁に囲まれており、中には無数の施設やビルが並んでいる。

外壁の中に入ってからも車で移動をし、客人用だという大きな建物に通された。

(ホテルみたいだな)

とんとん拍子で来たこともあり、まるで現実感がない。

わかるのは、一人で使うには広すぎる部屋だということだ。

「ここなら落ち着いて話せるね」

俺と橋宮さん、玲は、客室の中にある席に座った。

ちなみに乃愛は【オリオン】の敷地に入った時点で、車から飛び降りて帰っていった。

とんでもない自由人だ。

「少しだけ警察から事情を聞いたけど、湊君たちを襲ったのは、アジア系の外国人のようだ。

恐らく、狙いは君だ」

「……俺、ですか。冥層の品ではなく？」

「それも目的ではあったと思うけど、優先順位は君より下だろう。君さえいれば、あの品はまた手に入るからね」

正確には、俺の持つ情報と技能が狙われている。

狩人の両親に教えられた、自然を観察し、適応する技術。

冒険者の中では異端であり、『冥層』を攻略するには必須の技術の価値は、ここ数日で思い知った。

情報は言わずもがなだ。

「あまり驚いてはいないね」

「……実は渋谷支部の支部長から話を聞いていました」

玲は、今日の中島支部長との話し合い、そして交渉の内容を橋宮さんに説明した。

それを聞いた橋宮さんは、はっきりと険しく顔を顰めた。

「……両さん、湊先輩が狙われる可能性はあるとは思っていましたが、流石に狙われるのが早すぎます。住所まで知られていて、魔法使いまでいたのは準備がよすぎます」

「湊君、後をつけられていた可能性は？」

「ありません」

「……どうして玲が答えたのかは知らないけど……そうだろうね。君を尾行できる人間なんていないだろう」

橋宮さんは苦笑交じりにそう言った。

俺もそう思う。【探知A】を持つ俺に気づかれずに近づける人間なんていないだろう。

住所をはじめとした個人情報は、どこからか漏れたと考えるべきだ。

「【迷宮管理局】が怪しいと思います」

玲は俺たちが薄々思っていたことをはっきりと言った。

「湊先輩の情報と収集品を狙っていた【迷宮管理局】なら、湊先輩を襲う理由があります。襲撃に成功したら、目当てのものが手に入るし、失敗しても中島支部長の言葉に説得力を与えることになります。そうなれば、安全のために【迷宮管理局】を頼るという選択肢を強制的に選ばせることができるので、どちらに転んでも損はしません。それに、個人情報も握っています」

冒険者登録時には、住所や氏名等の情報が必要だ。

だから当然、【迷宮管理局】は俺の情報を持っている。

「……そう思わせたい諸外国の勢力の仕業かもしれないよ。わかるのは、確かな証拠はないということだ」

今わかっていることをまとめよう、と橋宮さんは冷静に言う。

「現状、危険なのは湊君だ。その理由は二つ。一つ目は『冥層』を攻略するカギになる情報と技術を持っていること。二つ目は後ろ盾がないこと」

「……狙われないようにするために、『オーブ』と素材は早々に売るつもりだったんですが」

「それは考えが甘いと言わざるを得ないね。さっきも言ったけど、そんなものは、君さえいれば何度でも手に入れられる。目先の品につられる者は、警戒には値しないさ」

彼の言葉に沈黙で返す。全くその通りだと思った。

まさか、ここまでのことになるとは思わなかった。

逃げようと思えば誰からでも逃げ切れる自信はあるが、平穏な生活は戻ってこなさそうだ。

それを解決する手段は、一つしかない。

「結局のところ、解決策は一つしかない。後ろ盾を得ることだ」

それは、俺の出した結論とも同じであり、中島支部長の言っていた通りだ。

「安全に暮らすには、【迷宮管理局】を頼るしかない、ということですか……」

結局、中島支部長の手のひらの上なのだろうか。そう思うと、悔しい気持ちが湧き出てくる。

そんな俺を見て、橋宮さんは首を振った。

「いや、他の選択肢もある」

「………！　それは？」

「白木湊君、よければ僕たちのクラン、【オリオン】に入らないか？」

俺は思いもよらなかった提案に、一瞬呆けてしまった。

「……え!?　いや、でもそれだと迷惑がかかります……」

俺は今、いや、これからもいろんな勢力に狙われることになるだろう。

そんな俺を身内に入れるのは、爆弾を抱えるようなものだろう。

だが橋宮さんは、俺の懸念を笑って否定する。

「僕たちは【オリオン】だ。その程度のことを気にしたりはしないさ。それに、うちには君以上に面倒ごとを起こす冒険者もいるしね」

最後の冗談めかした言葉が誰を指しているのかは、俺にもなんとなくわかった。

「本当は、こういう形ではなく、いろいろ落ちついてから言いたかったんだけど……。それで、どうだろうか？」

橋宮さんは、静かに問うてくる。玲はどこか期待するようにじっと俺を見つめている。

だけど、俺は即答することはできなかった。

「えっと、俺は冒険者としてちょっと問題がありまして……その、あまりモンスターと戦ったことがなくて。それに、パーティーを組んだこともないんです」

「……それは、別にいいと思うよ？　無理に戦う必要はないし、パーティーも君に抵抗がなければ、組みたいと言ってくれる人は多いはずだ」

「………っ！　では、私が立候補します。自慢ではありませんが、【オリオン】でもトップの前衛です」

「あ、うーん……」

「えっ……嫌、ですか？　や、やっぱり、今日の探索でお役に立てなかったから……」

玲はショックを受けたように仰け反り、大きな瞳を潤ませる。俺は慌てて首を振った。

「い、いやいや！　玲には助けられたし、これからも組みたいと思ったけど、やっぱりパーティーを組んで活動するってなると、いろいろ考えないと……」

「玲、あまり急かすものではないよ。パーティーとかは入った後に考えればいいことだ。ソロで活動する人も多いし、組まなくてもいい。特にノルマとかがあるクランではないから、もっと気楽に考えてほしいかな」

苦笑する橋宮さんは玲を落ち着かせて、俺を見る。その瞳は純粋に俺を気遣うようで、大人の陰謀に翻弄（ほんろう）されたばかりの俺は安心して答えを出せた。

「それなら、よろしくお願いします、橋宮さん。俺を【オリオン】に入れてください」

入団したいという俺の言葉を聞き、橋宮さんは頷いた。

「もちろんだよ。だけど申し訳ないけど、すぐに所属、というわけにはいかないんだ」

「何か試験でもあるんですか？」

「そうなんだ。うちは試験を通った冒険者しかとらない方針でね。君にもそれを受けてもらう必要がある。とはいえ、僕と玲の推薦だから、合格は確実だけど」

それ、受ける意味あるのかと思ったが、「実力を仲間になる者たちに見せるという意味合いの方が強いね」という橋宮さんの言葉に納得した。

考えてみれば、一人だけ楽をした奴が試験を受けた他の面子（めんつ）に馴染（なじ）めるかと言えば難しいし、そのあたりは平等に扱った方が後々いいのだろう。

「試験はいつあるんですか？」

「来月、というか一週間後だね。それまでは仮入団って形になるかな」

（本当にすぐだな）

だが、それは、さっさと【オリオン】に正式に所属できるようになるということ。

俺にとっては都合がいい。

「詳しくは玲に聞いてくれ」

「はい。それと、『オーブ』と素材の売却のことなんですけど」

「ああ、玲から聞いているよ。うちに売ってくれるんだろう？　本当にいいのかい？」

「はい。手に入ったのは玲のお陰ですし、本音を言えば、さっさと手放したいので」

「ははははっ！　正直だね！　わかった、満足してもらえる額を支払うよ」

俺は橋宮さんに『オーブ』と素材を引き渡した。

すでに時間は深夜だ。橋宮さんも仕事があるのか、雑談もそこそこに帰っていった。

あとに残されたのは玲だけだ。玲は何も話さない。壁掛け時計の針音が聞こえそうなほどの沈黙が横たわる。

一つ下の少女と同じ部屋にいるというだけで、俺の緊張はマックスだった。何も話さない時間が続くだけ、口が開けなくなる。

玲は俯き、その長く艶やかな黒髪がすだれのように垂れていて、表情を覆い隠している。そして、その細い肩がぷるぷると震える。

「————っ！　なんで私とパーティーを組んでくれないんですか！」

がばっと顔を上げた玲の顔は、拗ねていた。ぷくりと頬はリスみたいに膨らみ、そのまんまるの瞳は全力で不満を訴えていた。

顔が近い。長い睫毛に彩られた宝玉のような瞳には、俺の顔しか映っていなかった。

(肌がきれいだな、本当に人間か？　って、そうじゃなくて――――)

「いや、組まないってわけじゃない。というか、俺は組みたいけど、パーティーの方針とか、リーダーをどうするかとか、報酬の分配方法とか、その辺が合わないと組めないだろ？」

ぱちくりと大きな瞳が瞬く。俺がじっと見つめ返していると、みるみるうちに震えて潤んでくる。

「そ、そうですね。そのあたりも、決めましょう」

ソファに深く座りなおし、冷静に言葉を発する玲。だけどその顔は朱に染まり、ぱたぱたと手で顔を仰いでいる。自分の早とちりだと気づいたみたいだ。

「リーダーは湊先輩で。報酬は欲しいものがあれば相談、ノーと言われれば売却して分配というのはどうですか？」

「俺がリーダーでいいのか？」

「はい。当然です。活動場所は冥層になるでしょうし、詳しくない私が指示を出すわけにはいきません。湊先輩は……ちょっと抜けてそうですけど、そこは私がカバーします」

主に地上での交渉事ですね。その辺は本当によろしくお願いします……

「パーティーの目標は、どうする？　玲は何かしたいことは？」

「私は強いモンスターと戦って自分を鍛えられればそれで。なので、湊先輩についていきます」

そう言って玲は、静かに俺の答えを待つ。玲と二人で何をしたいか。答えはすっと口から出た。

「冥層の攻略っていうのはどうだ？」

冥層とは、人類には踏破不可能とされた階層。俺たちが活動する【渋谷ダンジョン】では51階層以降を指す。だから当然、51階層【雨劇の幕】のさらに下にも冥層が続いて行く。51階層よりもさらに過酷で凶悪な未知の世界が。

「俺はずっと51階層で活動してきた。だけど、探索はずっと進んでないんだ。俺の力じゃあ、51階層の外周を回るだけで限界で、52階層への道はまだ見つけられてない」

それが俺の限界。戦う力を持たない冒険者もどきの出会った、越えることのできない壁だ。

きっと【天晴平野】には、素晴らしいモンスターと大自然が広がっているのだろう。52階層以降も、俺が見たことのない世界が待っているのだろう。

だけど俺は、そこには行けなかった。だけど玲と一緒なら越えていけるはずだ。

「それは……賛成です。とても燃える目標です」

瞳に決意をみなぎらせ、玲らしくない、だけど冒険者らしい笑みを浮かべる。そしてどちからともなく、拳を打ち合わせた。少し気が早いけど、俺たちはパーティーを組んだ。

「ではさっそく今日のことを発表しましょう」

「……そうか、配信で言うのか」

普段通りの冷静な声音で提案する玲。

「はい。『オーブ』と素材を手放したことにも触れれば、ひとまずは落ち着くと思います」

「入団のことも言えば、敵も後ろ盾ができたって気づく」

合理的で素早い行動。我がパーティーのブレーンはいきなり冴えている。

玲は「【報告】」というタイトルで配信枠を取った。

夜中だというのに、待機人数は数万人を超える。

流石は登録者数二〇〇万人を超えている配信者だ。

そして配信が始まる。

『おっ、始まったー』

『珍しく深夜じゃん』

『こんばんはー』

『また家主いるじゃん』

『流石に多くね？』

『カップルチャンネルかよｗｗｗ』

『てかホテルいる？』

『……え、無理無理無理無理』

『事後か……あの羨まし双丘を弄んだんか！』

おおう、混沌としている。

冗談なのか本気なのかわからないコメントもあって怖い。

横を見ると、玲は僅かに顔を赤らめながら、キッとドローンを睨みつける。

「……変なことは言わないでください……湊先輩も笑ってないで否定して！」

「悪い悪い。えっと、ここは【オリオン】さんに用意してもらった部屋です。今日はいくつか報告があるので、玲のチャンネルにお邪魔してます」

『後輩玲ちゃんも可愛すぎる』

『なんか幼げでいいよな』

『報告？　あのことか』

『あの『オーブ』どうすんの？』

「コメントでも言ってる人いるけど、冥層で手に入れた【ディガー】の『オーブ』と素材についてです。あれは全部【オリオン】に売却することにしました。なので、個人的に交渉をしてくれる人もいたんですけど、すみません」

もちろん、個人的に交渉をしてくれた人、というのは、正体不明の襲撃者を皮肉ったものだ。

彼らを差し向けた黒幕にはわかるだろう。

この報告が、俺を狙う者たちへの抑止力になってくれればいいが……。

『そっかー』

『まあ、予想通りだな』

『オークションに流して！』

『今後の予定は？』

『冥層の情報流せよ！　独占すんな！』

「それともう一つ。俺は【オリオン】に所属することにしました」

ぴたり、とコメントが止まった後、一気に流れ始めた。

『まじか！』

『おめでとさん〜！』

『フリーから一気に【オリオン】所属。成り上がったな!!』

『は？　裏口入団かよ』

『推薦だろ？　珍しいけどな』

『来週の試験は出るん？』

「試験は出るよ。あ、それと、玲と正式にパーティーを組むことになったから、これからもよろしくお願いします」

『はぁああああ⁉』

『そうきたか！』

『おぉー、応援するわー』

『え、大丈夫？　だいぶ戦力差すごいけど笑』

『落ちろ落ちろ落ちろ落ちろ』

『がんばれー』

『公平ですアピールかよ、きしょ』

『いいじゃん、勝ち抜けなかったら笑うけどｗｗｗ』

『ついにあの孤高の【舞姫】にもパーティーメンバーが』

『それはどうかと思う』

『いやだ！　俺は玲様のあの配信が好きなのに！』

『過激派ぶちぎれで草』

コメントが勢いよく流れていく。いろいろな意見があるが、その中の一つが気になった。

「【舞姫】？」

『あ……』

『あ……』

『あ……』

「………………無視してください。戯言です」

玲はクールな表情で言い捨てた。

「え、【舞姫】なの？　二つ名的なやつ？　え、【舞姫】なの？」

「二回も呼ばないでください！」

『恥ずかしがる玲ちゃん至高』

『わかるわー』

『いい名前だと思うんだけどな』

『アンタは【家主】だろ笑』

ごもっともである。俺もかっこいい二つ名が欲しい……

『【オリオン】に大型新人加入か』
名も無き市民　001
「今話題の冒険者【家主】さんが、【オリオン】への加入を決定、南玲との関係は？」
名も無き市民　002
「気に食わん」
名も無き市民　003
「南玲って誰だっけ？」
名も無き市民　004
「【オリオン】の冒険者で配信者」
名も無き市民　005
「……今見てきたけど、可愛すぎてビビったわ。グラドルかと思った」
名も無き市民　006
「お試しパーティー組んだのも伏線やったな。あれで視聴者の反応見て、意外と反発なかったから、入団決定って感じ？」
名も無き市民　007

「夜中にどっかの部屋から配信は匂わせすぎるよな笑」
名も無き市民　008
「できてんのかな？　結構仲良さそうだったけど」
名も無き市民　009
「ありえなくもない。冥層冒険者と【オリオン】のエースなら釣り合ってるわ」
名も無き市民　010
「たまたま冥層行けただけの奴がいい気になって【オリオン】入るのも気に入らんし、身体使ってたぶらかした玲もきもすぎる」
名も無き市民　011
「それに関しては同感。ファンを舐めてる」
名も無き市民　012
「いや、それは当人の勝手だろ。アイドルじゃないんだから、誰と付き合ってもパーティー組むことになっても勝手じゃん」
名も無き市民　013
「こいつらに何言っても無駄だぞ。南玲ガチ恋リスナーに冥層の情報独占すんな派閥が合流して暴走してるだけだから」

名も無き市民　０１４
「そんなんじゃなくて、対応がふせてい実っていってんの」
名も無き市民　０１５
「顔真赤で草」
名も無き市民　０１６
「誤字すごｗｗｗ」
名も無き市民　０１７
「ガチ恋とは一緒にしないでほしいけど、俺もパーティーは嫌だな。あの二人の探索は俺には合わなかった」
名も無き市民　０１８
「え、なんでよ。面白かったじゃん」
名も無き市民　０１９
「どうせ玲オタクだろｗｗｗ」
名も無き市民　０２０
「玲の良さが一つも出てなかった。あれじゃ冒険者としてはすごいけど、配信者の南玲は死ぬ」

名も無き市民
「ちょっとわかるｗｗｗ家主さんの護衛で精一杯になりそうｗｗｗ」
名も無き市民　０２１
「てか、【オリオン】って入団試験クリアしないと入れないいんじゃなかった？　ほら、毎年やってるやつ」
名も無き市民　０２２
「その件は勘違いしてる人も多いけど、首脳陣からの推薦があれば、入れる。これは【オリオン】も公式に発表してること。だけど、入団が決まっていても入団試験は受けないといけない。これは、被推薦者の実力を他の幹部陣が確認するため。あまりにひどいと推薦を取り消されることもあるらしい」
名も無き市民　０２３
「【オリオン】の入団試験って派手だから好き」
名も無き市民　０２４
「わかるわ。毎回配信してくれるもんな。いろんな冒険者も見れるし」
名も無き市民　０２５
「実質的に、新人のお披露目の場になるからな。日本有数のクランってこともあって、注目度は高い」
名も無き市民　０２６
「俺としては【重裂傷】の『オーブ』の方が気になってたけどな」
名も無き市民　０２７
「【オリオン】が買い取ったんだろ？　唯一行ける家主さんは【オリオン】の所属になったし、『冥層』の品が市場に出回るのはだいぶ先になりそうだな」
名も無き市民　０２８
「【オリオン】独占かぁ。面白くない展開」
名も無き市民　０２９
「それありなの？　一つのクランが『冥層』の品を独占するって、いろいろまずそうだけど」
名も無き市民　０３０
「実際、国内のクラン間のバランスは崩れるだろうな。でも法律違反とかではない」
名も無き市民　０３１
「基本的に冒険者がダンジョンで手に入れたものに関しては、冒険者に所有権がある。これは全世界共通。だから海外では、新しい品は国が高額で買い取ったり、売却者に税制面での優遇措置なんかを与えることで、独占よりも流通させる方が得するようにしてるんだけど……」

名も無き市民　０３２
【迷宮管理局】のその辺の対応の悪さは昔から言われてるよな」
名も無き市民　０３３
「土台だけ海外をパクって、あとはケチり出すお家芸ね」
名も無き市民　０３４
「他の冒険者が『冥層』に行くまではこの状態が続くだろうな。白木がオークションか何かに流してくれたら話は変わってくるけど」
名も無き市民　０３５
「【オリオン】にも白木にも、そんなことするメリットあんの？」
名も無き市民　０３６
「このスレ見ればわかると思うけど、独占はヘイトが向きすぎるだろ。それを嫌がって、っていうのはあるかも。あんま気にしなさそうではあるけど」
名も無き市民　０３７
「【オリオン】は自由な気風だし、家主さんは興味ないことには目を向けないタイプだろうしな」
名も無き市民　０３８

「ていうか、冥層行けそうな奴いんの？」
名も無き市民　０３９
「聞いた話じゃ、他の大手クランも大規模な攻略準備をしてるらしい。実際、配信で結構『冥層』の情報は流しているし、雨の危険度が知れ渡ったのはでかい」
名も無き市民　０４０
「【オリオン】所属になったってことは、『冥層』の情報は出なくなんのかな？」
名も無き市民　０４１
「あー、かもな。独占した方がクランとして恩恵がでかいし」
名も無き市民　０４２
「できれば情報出してほしい。あの人の考え方とか技術は、上層とか下層の冒険者にも有益だから」

ぱたりとスマホを持った手が枕を叩く。明るく光る画面には、俺の入団についての書き込みがあった。

「軽く炎上してるじゃん」

【オリオン】の客室のベッドの上、一人になった俺は重い溜息を吐く。配信でもちらほらといたが、やはり俺と玲が近づくことをよく思わない者は一定数いるようだ。

推しの配信者が男とかかわるのを許せない者たちが目立っていた。ガチ恋勢というのは、配信者について回るものだ。だから、それは別にいい。

彼らの反応は予想できたし、気にしないと決めていた。俺の気持ちを重く沈めるのは彼らではない。

「玲のよさが一つも出てない、か。言ってくれるよな」

掲示板では軽く流されていたが、そのコメントを見たとき、どきりと心音が不協和音をたてた。それと同時に少し安堵した。

――――そう思っていたのは、俺だけじゃなかったのか、と。

配信サイトを開いて、玲の過去配信を開く。日付と階層だけの淡白なタイトルと適当に切り抜いたサムネに映るのは、寒々しい洞窟の風景。下層だ。

そこを、剣一つで突き進む彼女の姿。鋭利な相貌が見据えるのは、群れを成す怪物たち。数多のコメントたちに押されるように、その身体は風となった。夜闇のような黒髪が翻り、銀閃が流星を描く。怪物たちの血が舞う姿は美しくも残酷で、目が離せない魅力があった。

凶悪な爪牙を備えた嵐の中に身を投じる彼女はどこか悲劇じみていて、だからこそ築かれる死体の山は、視聴者たちの高揚を誘った。

それは孤独だからこその美しさ。俺の無機質な『狩り』とは何もかもが違う。俺と組めば壊れてしまうだろう。それを危惧する彼女の視聴者の言葉は、重くずしりと俺の双肩に圧し掛かった。

「これは無様は晒せないな」

橋宮さんは『入団試験』に受かるのは決まっていると言っていた。だけどそんなことは関係なく、俺は価値を示さなくてはならない。あの南玲の隣に立つに相応しい冒険者であることを。

(怖いな……)

緊張を吐き出すように溜息を吐き、俺は瞳を閉じた。

5章　恋は戦争

「それじゃあ、【重裂傷】の『オーブ』と【ディガー】の爪と牙、合わせて日本円で三億ね」

「はい、それでお願いします」

俺は三億という数字に内心では驚愕しながらも、努めて冷静に返した。

【オリオン】への所属を発表した翌朝、俺たちはさっそく、値段交渉に入った。

「ふふ、よかったわ、話がまとまって」

「そうですね。まさか、恋歌さんが来るとは思いませんでしたが」

「あら、玲。『冥層』の品の取引よ？　ワタシ以外に適任なんていないでしょ？」

対面に座る紫紺の長髪が特徴的な美女は、悪戯気に微笑んだ。

彼女のことは俺も知っている。

名を立花恋歌（たちばなれんか）という。

橋宮両と共に、伝説的なパーティーを組んでいた冒険者の一人。

今は半ば現役を退いているが、その【光魔法】と【土魔法】の実力は、世界でも並ぶ者がいないほどの魔法使いだ。

今は【オリオン】の経営に力を注いでおり、この手の交渉事なら、橋宮さんよりも適任なのだろう。

玲も僅かに緊張を滲ませている。

「本当は今話題の【冥層冒険者】と会いに来たんだけどね」

彼女の紫紺の瞳が俺を捉える。

内心まで見透かされそうな眼差しに、俺は反射的に背筋を伸ばす。

「ねぇ、玲と付き合ってるの〜？」

「………はい⁉　いやいやいや、付き合ってるわけないでしょう！」

「付き合ってるわけない………」

「頑張ってね、玲」

「変な励ましをしないでください……！」

優しく微笑む立花さんを、玲は睨みつける。

「湊はうちに入るんでしょ？」

「はい、そのつもりです」

突然変わる話題に困惑しながらも、俺は返事をする。

「両から詳しい話は聞いた？」

「聞いてないですね」

「……だと思った。あいつ、僕賢いです、みたいな顔してるくせに、大雑把だから」

中々すごいことを言っている。

あの橋宮両にそんなことを言えるのは、同じパーティーを組んでいる彼女ぐらいだろう。

「正式に入った後に詳しく説明することになるとは思うけど、うちは基本的に冒険者業の収入の20%を貰うことになってるわ。その代わりに事務手続きの代行、一般には流れないアイテムや装備の優先販売権、各種施設の利用ができるようになるわ」

「なるほど」

20%か。相場を知らないが、あまり高くはないのだろう。

特に疑問などはなかった。

「それと、うちは配信に力を入れてるから、君にもしてもらうことになると思うわ」

「へぇ、そうなんですか」

「結構有名なんだけどね」

俺の反応から、【オリオン】に詳しくないことに気づいた立花さんは、苦笑交じりにそう言った。

「いいわ。仲間になるあなたに、詳しく教えてあげる」

「はあ……」

急に気合を入れ始めた妙齢の美女に、俺は怪訝な顔を隠せなかった。

「まず、うちと他のクランの決定的な違いは、『配信活動をする冒険者の数』よ。大体半分ぐらいの所属冒険者が配信をしているわ。玲は配信でも実力でも、うちのトップ陣ね」

そうなの？　と確かめるために玲を見ると、クールな表情をちょっと得意げに崩しながら、どや顔していた。可愛い。

「デメリットも多そうですけど……手札も戦い方も外部にバレますし」

「……へえ、意外と対人戦も想定してるのね」

立花さんは瞳を細め、どこか挑発するように言った。

「あなたみたいなソロは、対モンスターしか頭にないタイプが多いのに」

「……まあ、今まではそうでしたけど、襲われたので。『人間』が敵になりうるとわかれば、対策ぐらい考えますよ。冒険者ってそういうモノでしょう？」

「……そうね」

ぽつりと小さく呟いた言葉を最後に、立花さんは黙った。

そのせいで、微妙な気まずさが漂うが、やがて立花さんは笑みを浮かべ、俺と向き直った。

「ああ、話が逸れたわね。配信にはさっきあなたが言ったようなデメリットもあるけど、メリットも大きいのよ。わかりやすいのは、影響力ね。顔と名前が知れ渡れば、企業から指名の『依頼』が入ることもあるし、商品の宣伝依頼なんかも来るわ。あとは投げ銭とか広告収入もバカにならないわね。冒険者業は何かと金がかかるし、配信をすれば金銭面はだいぶ楽になるわ」

そのメリットは俺もすんなり飲み込めるものだった。実際、金に困っている冒険者の筆頭が俺だ。ダンジョン産の素材でできた武器や防具の整備には専門性がいるので、依頼を出すだけで稼ぎが吹っ飛びかねないほどだ。

また、『回復薬』や使い捨ての投げナイフなど、消耗品も探索のたびに用意する必要があり、それもまた高いが、命にかかわるのでケチることはできない。

これが、最低限の支出だ。将来的な装備の更新を考えた貯金や、もしものときのための特殊な道具の用意など、欲しい物、必要な金を考えれば上限はない。

「あとは、『安全』とクラン運営の立場からは『宣伝効果』もあるわね」

「えっと、それはどういう？」

「配信は、ダンジョン内での、他の冒険者からの襲撃を妨害する役割もあるわ。何万もの視聴者が、配信越しに冒険者を見守るわけだからね。そこを襲えば証拠ばっちり、即逮捕よ」

「…………なるほど。ダンジョン内は治安が悪いらしいですからね」

「らしいって……他人事ねぇ」

『冥層』に籠っていた俺は、他の冒険者との関わりが極端に薄いため、ダンジョン内で他の冒険者に襲われることは考えていなかった。

だが、ダンジョン内は、人を殺すには一番いい場所。そんなブラックジョークを笑い飛ばせない場所だということは知っている。

ダンジョン内でも、当然日本の法律が適用されているが、残念ながら監視の目はダンジョン内まではない。つまり、人を殺しても、証明できない。死体はモンスターが処理するから、証拠も出にくい。

だから自分たちで監視の目を入れて、犯罪を抑制するというわけか。

「冒険者の身も守れて、収入も増えると」

「そういうこと！　それに、配信を見て【オリオン】に来てくれる冒険者も多いから、クランの宣伝にもなるしね」

こう言うと上から目線に聞こえるが、感心した。

冒険者の『配信』と聞くと、ダンジョン探索のついでぐらいにしか思っていなかったが、探索とのシナジーも大きいみたいだ。だが――

「俺が配信するってなったら、『冥層』の情報も流出しますよ？」

そうなれば、現状独占できている『冥層』の情報と素材を失うことになりかねない。それは、【オリオン】にとってはマイナスではないだろうか。

だが立花さんは俺の疑問を軽く笑い飛ばした。

「その方がいいのよ。理由は、今は黙っておくわ」

もったいぶり、微笑む。

とても気になるが、初対面の相手に詰め寄ることはできないから、ぐっと唸るような声が代わりに口から零れた。

「じゃあ、ワタシは行くわ。入団試験頑張ってね。玲、あなたもね。湊を守る盾であり剣であるのが貴方の役割なんだから。弱さは許されないわよ」

「……………わかっています」

一通り、話したいことは言い終えたのか、立花さんは大金の入ったアタッシュケースを置いて、忙(せわ)しなく去っていった。

本当に、嵐のような人だ。

残された俺と玲は会議室で、ほう、と一息を吐いた。

「そういえば湊先輩は配信についてどう思っているのですか？　自分の持つ情報を人に教えるのは抵抗がある人も多いですけど」

「俺はあんまりないかな。無理やり聞かれるのは嫌だけど、人に知られても困らないし。それに、『安全』になるのは嬉しいメリットかも。俺が昨日狙われたのも、情報狙いだろ？　俺が放っておいても情報を発信する奴だってアピールするのは、自分の身を守ることにも繋がると思うんだ」

「……湊先輩が構わないのなら。嫌になったら言ってください。私が守りますから」

騎士のように凛々しい表情で、玲はそう言った。

正直に言えば、玲が視聴者と楽しそうに話しているのを見て、俺もやってみたいと思ったのも、結構大きな理由だが、ド真面目な決意を固めた玲に、そんな呑気なことは言えなかった。

「そういえば、今日昼から講義があるんだけど、家戻っても大丈夫かな」

「……家に何か仕掛けられているかもしれませんし……私もついていきます」

「え？　玲も高校あるよな」

「ありますけど、融通が利きますから」

そうなんだ……。俺の知っている高校とは随分違うようだ。

「ついでに、約束も果たします」

「約束？」

「湊先輩が班目さんを落とす手伝いをすると言ったでしょう？」

そうだった。というかそれが、俺が玲と一緒にダンジョンに潜った理由だった。

「お金持ちはモテるってやつだろ？」

言葉にすれば下品すぎるが、理解はできる理論だ。

それを高校生の口から聞いたのは衝撃だったが、モテるであろう玲がそう言うなら、軽んじることはできない。

「はい。ですが、札束を持ち歩くわけにもいきませんから、服装でそうとわかるようにしないといけません」

なるほど、服選びに付き合ってくれるというわけか。

確かに俺はファッションには疎い。

女子の玲がアドバイスをくれるなら助かる。

服装で資金力を示すというのは複雑だが、それで班目さんにアピールできるなら、俺はなんでもするぞ……！

「じゃあ……」

俺は机の上に置かれたアタッシュケースを見る。

二人で三億円、山分けすることにしたので、一億五千万円が俺の取り分だ。

こんなものを持って買い物には行けない。

「あとで駅前で合流しましょう」

「そうだな」

ひとまず解散することにした。

玲と別れた俺は、【オリオン】の客室から出て、外へと向かった。

ちなみに服は、【物体収納】の中に入れてあった普段着を着た。ジーンズと白いシャツ、キャップを被っただけの服装だ。

外へ出る際は、運転手の人が俺を送ってくれた。馴染みのない車の乗り心地も、二度目になれば少しは慣れる。

銀行の前で降ろしてもらった俺は、一億五千万という大金を窓口で預けた。大金を稼ぐことの多い冒険者だとしても、滅多に見ない金額に窓口担当者は驚いていたが、すぐに上役がやってきて特別な投資信託だのの話をし始めた。

そのせいで予想外に時間を取られたが、俺は玲との待ち合わせ場所に向かう。

玲はすぐに見つかった。

人通りの多い駅前でも、飛びぬけたスタイルの良さ。スカートから覗く透明感のある長い脚に思わず目を引かれる。

彼女は制服姿に黒ぶちの眼鏡をかけてスマホを見ている。

「おい、あれ」

「すっげえ可愛くね？」

「声かけてみるか？」

小声で楽しそうに話す大学生らしき集団の横を通り抜け、俺は玲の元へ向かう。

「お待たせ」

「………湊先輩」

玲はじろじろと俺の全身を見回す。

え、何？　とても居心地が悪い。

「それでは全然駄目です。班目さんを落とすのは夢の夢のまた夢だと言わざるを得ません」

「ええ？　そんなに？　無難でよくないか？」

「それが駄目なのです。他者と差別化することが大事なんです」

正面から見上げてくる玲の表情には、自信がみなぎっている。

玲が胸を張ると、制服のブラウスを押し上げる膨らみが強調される。

知的な眼鏡姿といい、いろいろ照れくさい。

「まあ、玲に任せるよ」

「はい、お任せを」

俺は玲に連れられて、いろいろなブランドを巡った。

どれも有名な高級店であり、つい数日前までの俺には、選択肢になかった店だ。

「これと……これです」

「……え、ほんとに？」

「あとは、こっちですね」

「なんか、すごいなぁ……」

「これで完成です」

出来上がった新たな俺は、なんと言うか……輝いていた。

でっかくブランドのロゴが印刷されたシャツに、白いスキニーパンツ、靴はなんだかとげとげしていて、顔には真四角のサングラス。首元には三重のゴールドネックレスを巻いている。

「すごくお似合いですよ、湊先輩」

玲はパチパチと可愛らしく手を叩く。

その表情に浮かぶ笑顔は、なんだか張り付けたように白々しい気もするが……

まあ、でも、玲がそう言うならそうなのだろう。これが今のトレンドなのか。

「そうかな？　ならこのまま着て行こ」

「駄目です」

「え？」

「駄目です。前の服に着替えてください」

有無を言わせぬ口調で俺は試着室に押し込められた。

……なんで？

「いやあ、いい買い物だったな！」

「……そうですね」

「バカ高かったけど」

「一式揃えれば、そうなりますよ」

俺と玲は並んで歩く。俺の手にはさっき買った服の一式が。

玲には、「班目さんに会うときだけ、着てください」と言われた。

普段着ではなく、勝負服として使ってほしいということだろう。

玲とは知り合ったばかりだが、共に死線を潜り抜けた仲だ。

もはや言葉の裏まで感じ取れるようになった。

時間は昼前。

俺はこれから大学なのだが、高校生の玲はそうではないだろう。というか、どうして今日も来れたのか謎だ。

「玲は時間は大丈夫なのか？」

「はい。高校は時間の融通が効きますので」

高校の授業ってそういうものだっけ？　わからないが、進学校は違うのだろう。

「ならお昼にしよう。昨日の打ち上げも兼ねてな」

「……はい！」

普段は冷静沈着な玲だが、今は嬉しそうに目を輝かせている。

こんなに期待されると、俺も嬉しい。臨時収入も入ったし、普段は行けないような背伸びした店にでも行こう。

「肉とかどう？」

「いいですね、大好物です」

知ってる。初めて会ったとき、【ピポポ鳥】を一人でほぼ一羽食べていたからな。

そういえば、ああいう食材も地上で売れるのだろうか。なら、【物体収納】の中にクーラーボックスでも入れれば、地上まで運べるな。玲もいるなら、装備を減らして代わりに入れるのもいいかもしれない。

そんなことを思いながら、お高めの焼き肉屋に向かっているると、「あれ？」という聞き覚えのある声が背後からした。

俺が振り返ると、そこには班目さんがいた。

男と二人で。

「班目、さん？」

「白木くん？　と、南さんだよね？」

班目さんは嬉しそうに小さく手を振っているが、きっと俺の表情は引き攣っていた。

「え？　今話題の家主さんと南さん？　すげえ、美音知り合いなんー？」

見たことのない男はそんなことを言っていたが、俺には意味となって届いていなかった。

まさか、まさか……！　いや、二人きりだからというのは軽率な考えだ！　実際、俺と玲も二人で動いているけどそうじゃない！

「うん、白木くんは大学の同期なの。南さんはこの前知り合って」

「へぇ！　………え、やっぱり付き合ってるんですか？」

「ちょっと、カイトくん、聞いちゃ悪いよ」

「いえ、別に大丈夫です。今はまだお付き合いはしていません……お二人は？」

玲は気まずそうにちらりと俺の方を見てそう問うた。

聞き返された班目さんは僅かに顔を朱に染めて、こくりと小さく頷いた。

「もう一年ぐらいかな？　高校のときから、ね？」

「ああ！　俺たち幼馴染なんですよ！」

あ……終わった。

「へ、へえ、素敵ですね……！」

玲も僅かに表情を引き攣らせながらそう言った。

「今日はデートですか？」

「うん、そうなの。記念日、だから」

「……れ、玲、もう行こう。邪魔しちゃ、悪いし」

「そ、そうですね」

俺は玲の袖を引いて、道を急ぐ。

背中に「また大学で！」という声が降り注ぐが、俺は空を見上げる。

今、下を向けば、何かが滴り落ちそうだった。

二人で無言で歩き、思考が停止したまま、焼き肉屋に入る。

個室に案内され、腰を下ろす。

「……」

「……」

対面に座った玲は、静かに俺を見つめる。

何かを思いついたのか、彼女は身を乗り出す。

机に手を突き、前のめりになると、俺の視界は玲の豊かな双丘で占められる。

圧倒的な光景と、甘いバニラと花のような香りに硬直する。

面食らった俺に構わず、玲は俺の肩をとん、と叩いてこう言った。

「どんまい」

「………」

見上げた俺の視界に映ったのは、いつも通りのクールな表情と、親指を立てた白磁のようなきれいな手だ。

これで励ましているつもりなのだろうか。

そんなことを思うと、面白くなってきた。

「……ふっ、ごめんな。せっかくいろいろ手伝ってもらったのに」

「いえ。私としては湊先輩を傷つけることがなくなってよかったです」

玲は席に座り、俺の持つ紙袋を見ながら、そう言った。

なんの話だろうか。

「これも買ったのにな」

「……他に気になる人と会うときに着てみては？」

「いや、そんな人いないし」

「…………そうですか」

少しむくれ面になった玲は、拗ねたようにそう言った。

「では、私が預かっておきます」

「……え？　なんで？」

玲は手を出して、紙袋を渡すように要求してくる。

「湊先輩のためです。信じてください」

「……まあ、いいけど」

俺は玲に紙袋を渡す。

「この危険物は私が封印します」

「え？　危険物？」

「……お肉を頼みましょう。今日は私が奢(おご)ります」

「いやいや、俺が出すよ。年下の女の子に出させるのは申し訳ないし」

「駄目です。それぐらいはしないと、私は罪悪感で潰れてしまいます」

「ざ、罪悪感？」

遠い目をしてそんなことを言い出した玲に、俺は困惑を隠せない。

だが玲は、ふっ、と柔らかく微笑み、「湊先輩が大人になったらわかりますよ」と言った。

「でもなぁ……」

「では、次は奢ってください」

「まあ、それなら」

俺はランチにしては豪勢なお肉を堪能した。

ちなみに玲は、俺の5倍ぐらい肉を頼んでいた。

ダンジョン産の食材だったらしく、会計額は二桁に乗っており、玲に出させるのは申し訳ないと思ったのだが、玲は頑として、奢ると言って聞かなかった。

「あの……」

会計が終わった後、おずおずと店員さんが声をかけてきた。

「白木湊さんですよね？　ファンです、握手してください……！」

「え？　俺？」

緊張した面持ちで差し出された手は俺に向いている。

俺はおずおずとその手を取った。

「入団試験も応援してます……！」

「ありがとう……」

俺は終始困惑したままだったが、店員さんは嬉しそうだった。

店を出ても不思議そうな顔を晒す俺に、玲はくすりと笑う。

「ちゃんと変装しないからですよ」

「いや、してるじゃん」

「そんなキャップぐらいバレますよ」

「玲もしてないじゃん」

「私は話しかけられないので」

それは何かわかる。

なんと言うか、近づきがたいほどの美女なのだ。

別世界の住人感がして、話しかけるにも勇気がいるのだろう。

「これからも増えますよ。クランに入れば知名度も上がりますから」

「……………そういうもんか」

「はい。もうただの冒険者ではないんですから、サインとか考えては？」

「嫌だ」

今日はいろいろあった。

というか、主に失恋した。

だがそんなことを思う暇もないほど、これからの日々は忙しくなるだろう。

ひとまずは来週の入団試験だ。

俺の力でどこまでやれるかはわからないが、ベストを尽くそうと決意した。

◇◇◇

五月になった。

俺が【オリオン】の入団試験を受けると発表してから一週間、その日が近づくにつれて、世間の熱は高まっていった。

SNSでも、何度となく『入団試験』がトレンド入りしていた。

【オリオン】の入団試験は、配信され、外部に公表される。

冒険者が地上で戦う姿は、普段のダンジョン探索の様子とは違った趣であり、参加するのも【オリオン】に認められた強者や才能の持ち主ばかりだ。

注目度が高いのも当然だろう。

（めっちゃ緊張する……）

俺は大学構内を歩きながら、緊張に痛む胃を抑える。教室へ向かっていると、見知った顔を見つける。

「おはよう、優斗」

「おう、おはよう、って、なんでここにいるんだ⁉」

「いや、講義あるから。てか、でかい声出すな、目立ってる」

「……目立ってんのはお前がいるからだよ。今日、『入団試験』だろ？」

「一限終わってからでも間に合うからな」

「それでも普通休むだろ……」

呆れたと言いたげな優斗と一緒に並んで席に着く。

「……それにしても、すっごい見られてんなぁ」

にやにやと笑いながら、優斗は俺の顔を窺ってきた。

前の席の人は露骨にそわそわしているし、教室の前方に集まっている女子の集団も、こっちをちらちらしながら、「話しかける？」とか「意外と……だね」みたいなことを言っている。

【探知A】のせいでいろいろ聞き分けられるのも神経を削がれる。

「いやあ、お前に彼女ができるのも時間の問題かなぁ」

「……ソウカモナ」

優斗に悪気はないとはいえ、今の俺に恋愛の話はやめてほしい。

彼氏と歩いていた班目さんを思い出してしまった。

「てか、班目さんとはどうなん？」

「彼氏いたって」

「まじ？」

「まじ」

「まあ、次頑張れよ」

苦笑しながらも、なんだかんだ応援してくれるこいつはいいやつだった。

「そういえば、大学はどうすんだ？」

「どうって、何が？」

「いや、『クラン』入るってなったら、今までみたいに大学も来られないんじゃないか？」

「……さあ？」

「さあ、ってお前……」

優斗は呆れたようにそう言った。

だが、仕方がない。あの時の俺には、クランに入る以外の選択肢がなかったんだから。

自分で選んだ道とはいえ、その詳細まではよくわかっていない。

「玲も高校通ってるみたいだし、大丈夫だろ」

「……ほーん、玲、ねえ」

「なんだよ？」

優斗の言葉に揶揄うような響きを感じ、硬い声音で問い返す。

「いやあ、随分と仲良くなってんなー、と思って。この前も大学まで迎えに来てもらったもんな」

「おまっ、なんで知ってんだ……」

「いやいやいや、大学中で噂だったぜ？　あの『南玲』が制服姿でお前を待ってたって」

「まじか……」

「うちに入るって噂だけど、本当なのか？」

「それっぽいことは言ってたけど」

「おぉー、そりゃ嬉しいな。あんな美女、毎日見られたらハッピーだぜ」

だろ？　と問うてくる優斗に、何を答えても揶揄われそうだったので、適当に返事を返す。

「今のとこは大学をやめる予定はないな」

「そうか。そりゃよかった。講義受ける友達がいなくなるのは残念だからな」

優斗もなんだかんだ俺を心配してくれていたらしい。

「で、ぶっちゃけ南さんとはどんな感じなん？」

やっぱり野次馬根性の方が勝っているようだ。

6章 【オリオン】入団試験

俺は優斗と一緒に講義を受け終わると、その足で【オリオン】の拠点へと向かった。

【オリオン】の拠点は都内にある。

広大な敷地は高い外壁に囲われており、その中には複数の建造物や施設が立ち並び、中には森まで存在するというのだから、無茶苦茶だ。

試験もまた、その敷地内で行われる。

普段であれば人が近づくことの少ない外壁付近には、大きなカメラを構えた報道陣が詰めかけていた。

各局のリポーターが正門を背にして、カメラに向かって話している。

そんな様子を興味深そうに見ながら、敷地内へと入っていく受験者らしき者たち。

ダンジョンの外なので武装している者はいないが、その手には装備が入っているであろう大きな荷物を持って、正門にある受付に並んでいる。

俺も受付に続く列の一番後ろに並ぶ。

こうして見ると、受験生も様々だ。

高校生になりたてのような初々しい少年少女もいれば、報道陣を鬱陶しそうに見ている歴戦の面構えの猛者もいた。

俺は報道陣を見る。

（いすぎだろ。記者みたいなのもいるし）

【オリオン】所属の冒険者らしき者たちが規制を引いているため、受験生に詰め寄ることはできないが、その熱量の高さには驚かされる。

それほど、国内トップクランの新人への注目度は高いのだろう。

冒険者の役割は、ダンジョンの資源を地上にもたらすだけではない。

ダンジョンのモンスターが異常増殖し、地上に湧き出したとき、最前線で戦い、国を守る守護者でもある。

【オリオン】の動向は文字通り、国や国民の安全に関することなのだ。

ここ一週間ほど人に見られるようになったため、多少は慣れたが、檻の中のパンダは楽じゃない。

（にしても、居心地悪いなー）

そんなことを思っていると、立ち並ぶ報道陣の中の一人と目が合った。

その人は、俺の顔を指さし、何か同僚と話している。

「あれ、冥層の……」

「おい、撮れ撮れ撮れ」

「写真も……」

「本当だったんだ……」

一斉にカメラが向き、写真を撮られる。

俺は素知らぬ顔で前を向いたが、カメラにつられ、受験者たちの視線も注がれる。

荷物も持たず、普段着の俺は、受験者たちの中にいても浮いていた。

興味本位でじろじろ見てくる分にはいいのだが、中には敵意や闘争心を向けてくるものもいる。

俺たちは受験者であると同時に、ライバルでもある。

いきなり目をつけられてしまった俺は、重い溜息を吐いた。

列が進んでいき、俺の番が近づく。

どうやら、広大な敷地に繋がる正門に、臨時の受付を作ったようだ。

受験生たちは、受付に座る人に、受験票らしき紙を渡し、本人確認を行っている。

（受験票？）

ぶわりと、焦りから、体が熱くなるのを感じる。

そんなもの、持っていない。

(玲、何も言ってなかったよな?　え、俺聞き逃した!?)

焦っているうちに、俺の番がやってくる。

「えぇっと、受験票、ないんですけど……」

仕方なく俺は正直にそう言った。

不審がられないか不安になりながら返事を待っていると、「ああ、白木湊君ね」と受付の人は納得したように微笑んだ。

「ちょっと待ってて。……玲!　白木君来たよ!」

「────はい、今行きます」

受付の奥から、玲が現れた。

ハイウエストのパンツにシンプルなシャツ、ブーツは冒険者用の動きやすい品だが、ほぼ普段着だ。

そういえば、玲の私服を見たのは初めてだ。

名剣のような凛々しさの中にも、清楚な女性らしさを感じさせるファッションには、受付に並んでいた受験者も見惚れていた。

「湊先輩、こちらです」

どうやら俺は別ルートらしい。

玲に促され、受付の列から外れる。

「おい、あれ」

「【舞姫】だ、初めて見た」

「……かわいい」

「やっぱ特別扱いだな、【冥層冒険者】は」

そんな声を背に聞きながら、玲の後をついていく。

「おはよう、何かあるのか？」

「おはようございます。恋歌さんが試験の説明を全くしていないことに今朝気づいたので、今から説明をします」

「あー、俺も玲も気づかなかったな」

「……そうとも言いますね」

ふいっ、と視線を逸らして、玲はすたすたと歩いていく。

「別に玲が待ってなくてもよかったんじゃないか？」

「……なんですか？　他に待っていてほしい人でもいましたか？」

じとり、と視線を細めて玲は問う。

「いや、そういうわけじゃなくて、玲って結構えらいほうだろ？　あんまり案内とかするほうじゃないんじゃないかって」

「そうですけど……いいんです。湊先輩は私のパーティーメンバーですから」

話は終わりと言いたげに、玲は小さく微笑んでから視線を逸らす。

その笑顔は反則級に可愛かった。

俺たちがたどり着いたのは、以前にも訪れたことのある広大な敷地の中でもひときわ高いビルだ。確かここは、【オリオン】の本部事務所だと言っていた。

その中の会議室の一室に行くと、玲は扉を閉めて、こほん、と咳ばらいをした。

「では、説明をしますね」

「……うん」

あ、玲がするんだ、と思ったが、それを言ったら面倒なことになりそうだったので、黙っておくことにした。

「試験内容は、『バトルロワイアル』です。敷地内にある森周辺がフィールドで、受験者の動きや戦いを見て試験官が採点を行います」

「……なるほど」

それだけか。随分とシンプルなルールだ。

「採点をするってことは、参加者を倒すメリットはないのか？」

「はい。ですが、誰とも戦わず何もしなければ、点数も低くなるかもしれません」

「採点基準は？」

「秘密です」

……これは、中々面倒そうな試験だ。

採点基準がわからない以上、受験者は積極的に戦う必要がある。

だが、評価を気にして連戦を重ねれば、魔力や体力が枯渇し、敗北するかもしれない。

そうなれば評価は低くなるだろう。

これは冒険者のダンジョン探索にも言えるジレンマだ。

金に目がくらんだ冒険者は早死にし、無欲な冒険者は凡庸に終わる。

恐らくそのあたりのバランス感覚や立ち回りを見る目的もあるのだろう。

――【オリオン】入団という蜜を垂らされた受験者がどう動くか。

流石は国内トップクランだけあって、嫌な入団試験を行っている。

採点基準がわからない中、俺はどう動くべきか……

「それと、湊先輩と同じように、推薦された人がもう一人います」

「珍しいのか？」

「はい、同じ年に二人もいるのは中々ないです。推薦したのは恋歌さんで、私も会ったことはないですけど、あの人の推薦ならかなりの強者だと思います」

なるほど。警戒しなければならない受験者ということか。

「ありがとう。そろそろ時間だし、行くよ」

「はい。頑張ってください」

俺は玲に見送られて部屋を出る。その後は他の受験者と同じように更衣室で着替えを済ませ、完全装備で試験待機場所に向かった。

そこは、敷地内でもさらにフェンスと魔法的な結界に隔離された森の近くだった。

芝の地面はきれいに手入れされており、維持費だけで大金がかかるであろうことは素人でもわかる。

見た感想を言えば、巨大な野外演習場だろうか。見晴らしのいい平野と森、そして恐らく人工的な水源や川もあるだろうその場所は、様々な地形を内包しており、ダンジョン探索の模擬体験をするには、ちょうどいい場所だ。

恐らく、所属冒険者のために作られた場所なのだろうが……

（でかすぎだろ。ここ都内だよね？）

その規模感に、驚きよりも呆れを感じる。

他の受験者たちも同様の感想を抱いたようで、物珍しそうに森を眺めている。

俺はそんな受験者たちを見る。

人数は、二〇〇人ほどだろうか。

冒険者になりたて、ベテランの違いはあれど、皆、【オリオン】の入団試験を受けられるほどの能力と実績を持つのだろう。

（中でも彼女は段違いだな）

【探知A】のお陰で対象の魔素量がわかる俺には、二〇〇人を超える冒険者の中でひときわ多い魔素を持つ冒険者に気づいた。

まあ、魔素量はスキルを多く覚えている冒険者は低くなりがちなので、絶対的な強さの指標にはできないが。

実際に魔法使いは、魔素量は少なくても、魔法を発動させるのに使う魔力が多い方が強いし。

（魔素量は乃愛並み、完全な身体能力特化かどうかで評価は変わるけど……頭一つ抜けて強いな）

そんなことを考えていたとき、背後から近づいてくる気配に気づく。

その気配を抑えた者が、明らかに俺を意識していることはわかったので、振りむき、その姿を視界に収める。

彼は俺が気づいたことに、「へえ」と感嘆の声を漏らして、今度は普通に近づいて来る。

「流石は噂の【冥層冒険者】。索敵能力はかなりのものだね」

自身に満ち溢れた顔に、薄い笑みを浮かべて彼はそう言った。

手には槍を持ち、すらりと伸びた手足としなやかな筋肉を見れば、彼が優れた冒険者だとわかる。

「ああ、警戒しないでくれ。今は挨拶に来ただけだよ」

(今は、か)

「僕は赤崎クロキ。君とは同期、ってことになるのかな」

受かる前から『同期』とは、すごい自信だ。

そう言って赤崎は、俺に握手を求めてきた。

特に断る理由はなかったので、握り返す。

だが想像以上の力で握られ、少し驚く。

「君は推薦組だろ？　試験に関係なく、入団は決まっている」

表情は笑顔だが、薄く細めた瞳の奥は笑っていない。

「【オリオン】からぜひ来てほしいと誘われているあの【冥層冒険者】！　そんな君を倒せば、絶好のアピールになると思わないか？」

「……かもな」

「僕が君を倒す。弱いのに目立っている君は、皆が狙う『レアモンスター』だ。せいぜい逃げ隠れしてくれよ？」

そう言い残し、赤崎は去っていった。

直接宣戦布告されるとは思わなかった。

だが、彼だけではない。赤崎の言葉を裏付けるように、そこら中から監視の目が向けられている。

恐らく、俺を狙う受験者たち。

配信で手札も割れ、戦いも玲に任せっきりの俺は、赤崎の言う通り格好の獲物だ。

俺はそんな奴らを相手にして、実力を示さなければならない。

（大変な試験になりそうだな……）

この場には、俺よりも強い冒険者が何人もいる。玲の言っていたもう一人の推薦者、そして先ほどの赤崎クロキという男もそうだ。

だが俺なら【隠密】をうまく使えば、試験期間中隠れ潜むことは可能だろう。だけど、それはしない。

この配信は【オリオン】に注目する者が多く見ている。中には玲の視聴者たちも。

そんな彼らに俺は示すのだ。玲と並んで戦える力があると。彼女の気高く高貴な力を引き出せる相棒になれるのだと。

「さあ始まりました！　【オリオン】入団試験！」

快活な声音で少女がカメラに向かって叫ぶ。

場所は、試験会場である野外演習場の外、施設の一室に用意された配信用のスタジオだ。

大きなカメラが、少女の動きに合わせてぴょこぴょこと揺れる赤い毛先を追う。

「解説実況は私、日向（ひなた）すいと！」

「立花恋歌と～？」

「鳴家厳哲（なきやげんてつ）でさせてもらうぞ！」

三人が挨拶を終えると、ＡＲ技術を利用してスタジオに投影されたコメント欄が反応を返す。

『始まった～～!!』

『この日のために有給取ったぞ！』

『【オリオン】トップ３の二人揃ってるじゃん！』

『鳴家さんが居んの珍しい!!』

オリオン公式チャンネルからの配信であり、視聴者数はすでに五十万人を超え、今も増え続けている。

「ちなみに、厳哲さんがいるのはたまたまです！　暇そうに鍛錬していたので引っ張ってきました～！」

「……暇ではないのだがな」

厳哲は筋骨に覆われた巨体を持つ男だ。

小柄なすいと並ぶと、巨人と子どもほど違って見える。

黒い針金のような頭髪をオールバックにしており、厳めしい面をしているが、今は苦笑を滲ませている。

橋宮両、立花恋歌と共にパーティーを組み、【オリオン】を結成した首脳陣の一人だ。

「まあ、いいじゃない。ワタシとすいだけじゃ、前衛職の評価はしづらいし」

恋歌は長い紫の長髪を揺らし、くすりと笑う。

「今回の試験は個人的に気になっていたし、ちょうどいい」

意味ありげに恋歌を見て、厳哲はそう言った。

『あの人のことか……？』

『一番の注目株ではあるな』

『待ちきれん!!』

「私もとっても楽しみなので、さっそくルール説明に入りますね！　ルールはシンプル！　受験者は試験エリアの野外演習場内部にランダムに配置され、よーいどんでバトルロワイアルスタートです！」

「普通のバトルロワイアル方式と違うのは、最後まで生き残れば勝ちというわけではない点ね。これはあくまで試験。試験中の動きを総合的に採点して、合格者を決めるわ」

「つまり、バトルロワイアルというルールの中で、いかに自分の能力を見せるか！　それが重要となってきますー！」

『シンプルなようで奥が深い……』

『というか、性格悪い。試験受ける側は何をしたらいいのかよくわからんだろ』

『その辺の判断も採点基準ってことか？』

『あの人、一生隠れてそう』

「……疑似的なダンジョン探索ということだな。どういう手を取るか、そこに普段の探索の様子が色濃く出るだろう」

「なるほど～！　ちなみに今回の試験にはサプライズもあるそうです！　皆さんも楽しみに待

っていてくださいね！」

『サプライズ？』

『なんだろ!?』

『やべえ、楽しみ！』

『絶対にろくなことじゃないよ笑』

「ちなみに恋歌さんと厳哲さんは、注目している参加者はいますかー？」

『おっ、よく聞いてくれた！』

『俺も気になる！』

「……そうねえ、何人かいるけど、応援してるのはもちろん雪奈ね」

「【雪乙女(スノーホワイト)】妃織雪奈(ひおりゆきな)さんですね！　若干十九歳で下層最前線で活動する魔法剣士の方で、私もファンですよ！」

「あの子は私が推薦したの。最後まで生き残ることに期待したいわね」

「なるほど！　厳哲さんはどうですか？」

「ふむ、俺は素直に白木湊だな。視聴者もそうではないか？」

『もちろん！』

『今度は何してくれるのか楽しみ』

『びっくり箱みたいな人だからな』

『でも俺は雪奈ちゃんの方が気になるなー、配信もしてないからよく知らないし』

『確かに』

『白木は手札割れてるから、勝ち抜くのむずくね？』

『あんまり強くないしな。フィールドの限られてる今回の試験は不利』

『あの人、補助系でしょ？』

『私は赤崎さんも気になる』

「いろいろな意見があるようだな」

「う～ん、確かに白木さんはいろいろ不利かもしれませんねー。厳哲さんは彼が勝ち抜くと思いますか？」

「わからん。が答えはすぐにわかるだろう」

厳哲はスタジオの中央に浮かび上がったＡＲの映像を見る。

それは、試験の様子を中継する各ドローンカメラの映像だった。

「どうやら準備が完了したようですね！」

全ての参加者が配置についたのを確認し、すいは声音を弾ませる。

「では、オリオン入団試験、スタートです！」

彼女の声に従い、試験開始の合図が鳴り響いた。

◇◇◇

平野へと配置された湊は、周囲の冒険者の位置と動きを【探知】で確認しながら、森へと向かう。

（さて、とりあえず移動するか）

森は湊にとって、小さい頃から連れまわされてきた第二の故郷と言える場所だ。

半ば本能的に森へと向かう。

だがあと少しで森というところで、湊は周囲の冒険者の不審な動きに気づく。

「おぉっと？　白木さんの近くの冒険者が、包囲するように動き始めたぁ！」

スタジオで見ていたすいは、興奮したように声を荒げる。

「これは、前もって組んでたのかしら？」

「いや、恐らく違うだろう……彼は元々狙われてた。スキルを発動させ、消える前に倒そうという冒険者たちの狙いが一致したのだろう」

試験が始まる前はスキルを使えない。

そして、誰がどこに配置されているのかは、近くに配置された冒険者なら大まかな予想はつく。

ドローンカメラが映す湊の姿は、一目散に森へと向かっていく。

「間に合うかは……ギリギリね」

「ああ、想像以上に森側に寄ってる。これは、一部の冒険者は即席で組んだな」

「ちっ、やるしかないな」

湊は前方に布陣する三人の冒険者を見る。

スピードを落とすことなく、突撃する。

「はっ！　バカが！　おまえの首は貰うぜ、鴨野郎！」

「おい、抜け駆け話だぞ」

「早い者勝ちだろ！」

距離を取って並び、荒い言葉遣いで互いを牽制する彼らは、どう見てもパーティーとは呼べない。

(穴は真ん中だな)

一番最初に湊に叫んだ男だ。

興奮と緊張。それを覆い隠すように威勢を張っている。

鉈を抜いて構える。【頑鉱の鉈】と呼ばれる装備であり、武器というよりは、解体用のナイフの延長線上にある頑丈さだけが取り柄の鉈だ。

今は試験のため、切れ味鈍化の魔法がかけられており、殺傷能力はない。

「おい、俺の方に来てんだ、手出すなよ！」

男は両端の冒険者を牽制しながら、湊へと武器を向ける。

意識が逸れすぎている。

湊は武器を振るうそぶりを見せる。

男は、腕に自信があるのか、迎え撃つように剣を振り下ろす。

その一撃は、湊よりも遥かに速かったが、目で追えないほどではなかった。

瞬間、湊は減速し、剣を空ぶらせる。

そして、男の肩を踏みつけ、一気に加速する。

「うおっ⁉」

体勢を崩し、派手な土煙を立てながら転がった男に残りの二人が気を取られている間に、湊は最速で森へと向かう。

「今の上手（うま）いな」

スタジオで今の一連の動きを見ていた厳哲は、感嘆の声を漏らす。

それに恋歌も賛同する。

「逸(はや)ってる相手を見破って、フェイントで崩す。相手の意識の隙をつくやり方はらしいわね」

『おぉっ！　逃げ切れるか！』

『もう森入った！』

『スピード全然落ちないじゃん……』

湊は木々の間を、速度を落とさずに駆けていく。

背後から冒険者が追うが、湊に追いつけるはずもなく、やがて姿は見えなくなった。

「くそがッ……」

男たちの一人が苛立ち交じりに木を殴り、拳型のへこみができた。

見渡す限り、森だけが広がっている。湊の気配も姿もすっかり消えている。

「鬱陶しい野郎だぜ、逃げ隠れしやがって！」

「諦めきれねえなあ……」

男たちは各々愚痴(ぐち)を吐き捨てる。そして彼らは互いを見合った。

仲間ではないライバルたちを。

「「「…………………」」」

共通の敵を失い、彼らは互いに武器を向ける。誰が動くかを探り合う緊迫した時間が流れる。

それを切り裂いたのは、一本の矢だった。

森の奥から木々を縫うように飛翔した矢が男の一人の側頭部を捉え、昏倒させた。

そして第二、第三の矢が回避も許さず、残る二人の意識を刈り取った。

「……危なかった」

森の奥、【探知】で男たちが倒れ込むのを確認した湊はほっと一息つく。

それと同時に確かな充足感も得た。

(この戦い方は刺さる……！)

冒険者は対人戦が不得手だ。特に意識外からの奇襲がよく効く。これが冒険者の『狩り方』だと、実感を伴って学ぶ。

(【隠密】で隠れながら森に近づく奴を奇襲で倒す。これなら俺でも戦える！)

方針は決まった。【隠密】を発動させようとしたとき、湊は前方の森の奥からこちらに真っ直ぐ近づく気配に気づいた。

【探知】で感じる気配は薄く、相手も【隠密】を発動させていることがわかる。

「お前か……」

「君なら逃げ切ると思ってたよ。僕も運がいい」

薄い笑みを浮かべ、赤崎クロキは手にした槍を構えた。

（さっさと【隠密】を使っておけばよかった……）

長期戦を見越して、少しでも魔力を温存しようとしたのが裏目に出た。

知覚された状態では、【隠密】は効果がない。

湊は戦闘に備え、鉈を構える。

その緊迫感は、配信越しにも伝わっていた。

「————ッ、両者睨み合う！　これは逃げ切れないか⁉」

「これは、厳しいわね。彼も恐らく探知系のスキルを持っているから、発見されている状態から姿を消すのは不可能よ」

「となれば、戦う以外の道はない」

配信画面は、大きく湊とクロキの睨み合いを映す。

『家主〜〜〜！』

『ゴリゴリの実力派の赤崎相手はきついな』

『これ、来ることとわかってたっぽい？』

視聴者のボルテージも上がる。

そして、この二人以外の戦況も、大きく動く。

主に探知系スキルを持つ冒険者が積極的に動き、あちこちで戦闘が勃発（ぼっぱつ）した。

その中でも特に大規模な戦闘が始まったのは、平野であった。

始まりは、探知系スキル持ちによる奇襲だった。

試験参加者の中でも、白木湊に次ぐ知名度を持つ彼女に、狙いが集中するのは当然だった。

だが彼女は湊とは違い、逃げるという手を取ることはなかった。

近づく不埒者へと、氷のように澄んだ薄い碧眼が向けられる。

「〜〜〜〜ぅッ⁉」

魔力が視線の先に渦巻いている。そう気づいた瞬間には、男の肉体は氷華の中にあった。

急速に体温が低下し、意識が混濁する。

最後に見たのは、変わらずこちらを貫く冷たい眼差しだけだった。

彼女だけではない。彼女の近くに寄った全ての者は、彼女を間合いに収めることもなく、凍り付き、意識を失う。

数多の氷塊が平野に作り出され、降りた霜が青白い冷気を生み出す。

その冷域の外で足を止めた受験者は、彼女――「妃織雪奈」を睨みつける。

ポニーテールにまとめられた白い長髪は陽光を浴びて、真冬の雪原のように薄く煌めいていた。

感情を宿さない氷のように薄い碧眼は、神秘的な輝きを宿している。

華奢(きゃしゃ)な肉体と可憐な顔立ちは妖精のようだと、男は場違いにもそう思った。だが見惚れる暇はない。男は少女の焦点から逃れるために動き続ける。

（ふざけた威力の魔法を連発しやがって!?　この距離だぞ！）

魔法系スキルは、発動者から遠ざかるほど制御が難しくなり、威力が落ちる。

それにもかかわらず、雪奈は完璧な魔力操作によって、敵だけをピンポイントに凍らせた。

圧倒的な魔力量とセンス、自分とはかけ離れた力を持つ冒険者に、男は嫉妬から顔を歪める。

（俺一人じゃ勝てない……！）

男は苦々しく、そう思う。

彼もまた、若くして【オリオン】の入団試験を受けられる選ばれた冒険者だ。

挫折も経験せずここまで来た彼にとって、雪奈を格上だと認めることは痛みを伴う行為だった。

だが、彼は愚かではなかった。このまま戦えば敗北し、評価は最悪だ。

それならば、手柄を分けてでも勝つ方がいい。

「――――ッ、お前らもこのままじゃ凍らされて終わりだ！　それが嫌なら遠距離から削れ！」

雪奈を包囲するように布陣する十人ほどの冒険者。

彼らは評価に目がくらみ、真っ先に突っ込むような愚か者ではなかった。

いずれも、下層に進出した強者たち。

言葉を交わさずとも一時的な共闘を決断し、即座に行動に移す。

数多の矢が、魔法が、雪奈へと降り注ぐ。

（【氷魔法】は制圧力に長けるが、防御は不得手だ！　魔力を切らせてから囲んで潰す！）

対氷魔法使いのセオリー。

だが男たちに誤算があったとすれば、雪奈は魔法剣士であるということだった。

雪奈は自身に迫る炎弾に視線を送ることもせず、躱す。

細身の片手剣を鞘に納めたまま、タクトのように振るい、矢の雨を打ち落とし、姿勢を落とす。

冒険者たちが驚愕する身のこなしと剣技。

――彼らが硬直した瞬間、彼女は地を蹴り、包囲の一角へと迫った。

「――――!?」

「………」

片手に装着した小盾で、弓使いを殴りつける。

雪奈の細腕が生み出したとは思えないほどの力は、容易にその身体を吹き飛ばす。

雪奈は片手剣を引き抜き、構える。

剣と盾、そして周囲に浮かぶ氷結の盾。

それこそが、妃織雪奈の戦闘方法。

「……いくよ」

「……なんだよ、そりゃ」

あらゆる攻撃は盾に受け止められ、反撃は躱され、鋭い剣閃が包囲網を切り崩す。

幾重もの悲鳴と困惑が重なる中、気づけば男は背を向け、走っていた。

「……はあ、はあっ、はあッ……！　くそが、クソがッ!?」

男は一縷の望みをかけ、森へと向かっていく。

こんなところで終わってしまう恐怖と、自分を超える才能への悔しさが、目尻から涙となって零れ落ちる。

それに気づかないほど、必死に足を回転させる。

「……やった、森だ！　逃げ切れ――――あ」

背後を振り向いた男は、唖然と声を漏らす。

平野から森へと、全てを凍らせながら吹雪が迫っていた。

「何だよ、これ……」

もはや理解の及ばない災害規模の魔法に苦笑を浮かべ、男は森の一角と共に凍り付いた。

その光景は、配信を見ていた者たちにも、大きな衝撃を与えた。

『氷魔法って言っても、効果範囲おかしいだろ!!』

『……やばすぎ、絶句してたわ』

『これで魔法剣士ってマ？』

「なんとなんと！　妃織さん一人で十八人を討ち取ったあ〜〜〜!!」

すいも興奮から声を荒げる。

「討伐人数では断トツの一位に躍り出ましたぁ!!　というか強すぎる！　私も若干引いてます！」

「派手な魔法に注目が行きがちだが、剣術も素晴らしいな」

「そうね。ワタシが前に見たときよりも、魔法剣士として完成度が上がってるわね」

映像に映る雪奈は、凍り付いた地面を踏みしめ、森へと踏み込んだ。

その凍てついた眼差しの先に、まだ見ぬ獲物を見定めて。

薄暗い森の中、彼女は静かに目を閉じていた。

この試験は『ダンジョン探索』を模している。

【オリオン】入団という蜜を参加者たちは取り合う。

これはいわば、探索の成果、貴重な『オーブ』や素材に値するだろう。

そして自身の力を示すために戦う参加者同士は、ダンジョンのモンスターとも言える。

積極的に戦えば危険が増えるが、戦わなければ試験に落ちるかもしれない。

二者択一を迫るこの構図は、成果のためにどこまでリスクを負うのかを浮き彫りにする。

貴重なアイテムであっても、危険なモンスターが守っているのなら退くのか、あるいは挑むのか。

どちらが正しいというわけではない。自分の実力に相談し、決めればいいことである。

湊や雪奈という『レアモンスター』を狙い敗れた者は、その点では失格と言える。

彼らは身の丈以上の相手に挑んだのだから。

そしてダンジョンならば、あれがいる。

階層という生体系の頂点に立つ存在、時に理不尽な力で冒険者を蹂躙する怪物。

探索という予定調和を打ち砕くその存在を、人々は『ボスモンスター』と呼ぶ。

暗い森の奥で彼女は目を開く。

碧眼には隠し切れない殺意が爛々と灯り、高揚から歪められた頬からは、鋭い犬歯が覗いていた。

「時間だね」

ボスモンスターが解き放たれた。

◇◇◇

「ふっ！」

「……………っ！」

俺は迫る穂先を鉈で受け止める。

重く鋭い一撃に、肺の中の空気を一気に吐き出す。

流れるように繋がれる斬撃に、俺は後退するしかない。

「どうした？　こんなものかい、【冥層冒険者】！」

失望したと言いたげな声音で、赤崎は槍を振るう。

「……………期待に沿えなくて悪いね」

「全くだ。君がある程度は戦えないと、僕の評価も上がらない」

話しながら、じりじりと後退する。

赤崎は逃がすまいと距離を詰める。

「とはいえ、嬲る趣味もないからね。さっさと終わってくれ」

赤崎は刺突の構えを取る。

あからさまな必殺の動きに、俺は反射的に鉈を盾のように構える。

放たれた刺突は素直な軌道で俺の胴体を狙う。

「【変速】」

だが刺突の速度が、突如加速する。

急な変化に対応できなかった俺は、無防備にその一撃を胴体で受けてしまった。

「────ぐッ!?」

切れ味鈍化の魔法が掛けられているため、身体が切り裂かれることはなかった。しかし、防具の上からとはいえ、鉄の塊を勢いよく叩きつけられたため、堪えることもできずに吹き飛ばされる。

木の幹に背を強かに打ち付け、俺は息を吐いた。

「これが推薦組とはね……【オリオン】が君に力を求めているわけではないとわかっているけど、流石にこれはないだろう」

────本気でまずい。

俺は周囲を見渡すが、利用できそうなものはない。

【隠密】は、相手に認識されている状態では使用できない。

相手もそれがわかっているのか、俺から視線を外す気配はない。

「……………いいのか、俺ばっかり見てても。奇襲されても知らないぞ」

「……僕も探知系スキルは持っているからね。君ほどではないけど、気配には敏感だよ」

「そうか、それはよかったな！」

俺は隠していた投擲用のナイフを取り出し、投げつける。

赤崎はつまらなそうにナイフを槍の柄で弾いた。

「こんなものが通じると？　悪あがきはやめてくれ」

俺は赤崎の言葉を無視して、思いっきり腕を引っ張る。

無手の俺の動きを見て、赤崎は怪訝そうな顔をしていたが、その瞬間、赤崎は足元を掬われ、大きく尻もちをついた。

何が起きているのかわからない。そう言いたげな彼の顔に袋を投げる。

赤崎は反射的に、顔に迫る物体を手で弾く。

その反応速度は流石だが、口を解かれていた袋は中身をまき散らす。

「――――ッ、あぁああああ!?　なんだこれはぁ!!」

「唐辛子の粉末だよ。モンスター用に用意してたものだ」

俺の笛と同じ、モンスターを遠ざけるための小道具の一つだが、配信で見せたことはない。

隙をつけば引っかかると思っていた。

俺はロープにかけた【隠密】を解く。

これは吹き飛ばされた瞬間に【物体収納】から取り出していたものだ。

俺の【隠密】は熟練度Aだ。Aまで上がれば、本来、自身にしか使えない【隠密】を、他者や物にも付与できるようになる。

赤崎は俺を注意しすぎるあまり、俺の手元にあるロープに気づかなかった。

だから俺はロープに【隠密】をかけられたのだ。

【隠密】をかけたロープを、ナイフの投擲と同時に放ち、赤崎の足元に巻き付ける。

あとはそれを引っ張るだけで、赤崎は見えないロープに足元を掬われるというわけだ。

今、赤崎の意識は俺から逸れている。

俺は【隠密】を発動させ、姿を消す。

「――――っ、どこに行った!?」

赤崎は真っ赤になった目から涙を流しながら、槍を構える。

油断なく周囲を睨んでいるが、その五感もスキルも俺を捉えることはない。

俺は木の上に飛び乗り、念のため数十メートル以上の距離をとる。

ここまで離れれば、数多の枝や葉が重なり合い、たとえ【隠密】がなくても俺を見つけることはできない。

そして俺は【物体収納】を発動させ、木の上に小さな箱を生み出す。

中には、俺の主武器である【7連式速射ボウガン】が入っている。

俺はそれを、赤崎に向けて構える。

今が彼を狩る最大の好機。

意識が研ぎ澄まされる。心から雑念が消え、照準の先に映る彼の中心に狙いを定める。

矢を放つその瞬間、俺は空中から凄まじい速度で迫る存在に気づいた。

俺は慌てて引き金から手を離す。

この動きは知っている。だが、まさか――

「――ッ、ようやく目が、あの男、どこに――ッ!?」

赤らんだ眼を擦っていた赤崎は咄嗟に、槍を盾のように掲げる。

そして、激突した。

「うぉっ……!?」

「……へえ、受け止めるんだ。やるね」

甲高い金属音と共に、赤崎の身体が沈む。

細く白い腕が、赤崎の筋肉質な肉体を押さえつけるその光景は、出来の悪い嘘のようであり、俺たち試験受験者にとっては文字通りの悪夢だ。

（柊乃愛……!?）

金糸のような髪が、光の加減で七色に輝く。

物語の姫のように可憐な顔は、殺意と凶悪な笑みに彩られ、危うい魅力を漂わせていた。

【オリオン】有数の武闘派であり、玲に並ぶ実力者がすぐそこにいる。

俺たちの敵として。

俺は【隠密】をかけたまま、全力で二人から離れる。

背後から鳴り響く剣戟（けんげき）音を聞きながら、俺は思考を回転させる。

（ダンジョン探索を模したこの試験……乃愛の役割はボスモンスター、あるいはイレギュラーだ。それはいい――――）

――――問題は、俺に気づいているのか。

（適当に森をうろついて赤崎を見つけた可能性は低い。となれば、どこからか見ていた）

乃愛は何らかの空中を移動するスキルを持っている。

それを使い、俺の【探知】の範囲圏外である遥か上空から俺を見ていたとすれば？

（野外演習場の結界の頂点は、俺のスキル範囲外だ。可能性はある）

なら俺が今すべきは、一刻も早く身を隠すことだ。

【隠密】は、物理的に姿を消すスキルではない。

認識阻害により、相手に気づかれなくなるスキルだ。

そのため、相手に存在を疑われている状態では見つかりやすくなり、その場にいると確信されてしまえば、【隠密】は解ける。

また、【隠密】状態では姿や足音、匂いといった視覚、聴覚、嗅覚による索敵からは逃れられるが、触覚は誤魔化せない。

つまり、直接触られたり、魔法による広域の探知には無力だ。

（赤崎は俺を見つけられないから問題ない。だが乃愛はスキルがわからないから、距離をとらないと危険か）

十分な距離をとり、俺はボウガンを構える。

赤崎と乃愛の戦いは直接見えないが、【探知】のお陰で把握できている。

射線も【射撃軌道操作】を使えば、確保できる。

（まず狙うのは、乃愛だ）

恐らく乃愛は試験官側の存在。倒せば高評価に繋がるだろう。

照準を覗き込み、引き金に指をかける。だが引き金を引く直前、俺は再び【探知】の範囲外からこちらに迫る存在に気づく。

平野方面からだ。

(他の参加者か……先に片付けて――――!?)

次の瞬間、その存在から膨大な魔力が噴き出した。

それは、冷気へと変わり、森の一部を覆い尽くす。

急速に気温が低下し、木々には霜が降る。

(【氷魔法】……冷気が絡みついてくる)

一週間前の記憶がよみがえる。

マンションで襲撃された際のことを思い出す。

空間を自身の魔力で埋め尽くすことで、異物を浮かび上がらせる索敵方法。

魔法の感覚は五感ではなく、魔法使い独特の第六感とでも言うべきもの。

【隠密】の対象外だ。

「……見つけた」

涼やかな声が、静かな冬を越えて耳朶をくすぐる。

彼女は真っ直ぐにこちらを見ていた。

「――っ、怒涛の展開！　赤崎さんと白木さんの戦いに割って入ったのは、我らが【オリオン】の誇る武闘派、【麗猫】柊乃愛！」

「あの子はこの試験の『ボスモンスター』ね」

「はい！　真っ先に強者に向かうその姿勢と、容赦なく奇襲するその姿は、画面越しでも恐ろしいです！　そして、乃愛さんに割り込まれた白木さんは姿を消し、二人とは距離をとる様子！」

「当然だな。二人を相手にするなら、必然、二発以上矢を放つ必要がある。ならば、一人を相手にするよりも間合いがいる」

乃愛の登場によりコメント欄も一気に湧き、そしてその後の彼女の介入で最高潮に達する。

そんな中、引きの絵で森を捉えていたドローンカメラの映像が、真っ白に包まれていく。

これほどの広域の【氷魔法】を使う者の正体など、視聴者は言われずとも察する。

僅か２０メートルの距離を保ち、湊と雪奈が接敵した。

「――これは、赤崎さんと乃愛さんが戦う僅か１００メートル南方で白木さんと雪奈さんが睨み合う構図となった！　ここからどう動くと思いますか、厳哲さん」

「そうだな……こうなると厳しいのは赤崎だろう。有利になるのは、白木だ」

「……え、それはどういう？　湊さんが敵に挟まれた構図に見えますけどー」

「見ていればわかる。ほら、状況が動いたぞ」

画面に移る湊は、迷うことなく雪奈に背を向けて走り出す。

乃愛たちのいる北へ向かって。

「【雪花爛迅】」

涼しげな声が響く。

彼女のしなやかな手の先から、氷の刃が湧き出す。

それは風に乗る花弁のように群れを成し、湊の背を襲う。

湊は木々を使い、立体的に飛び回ることで躱していく。

「……すごいね。そんな避け方する人、初めて見た」

曲芸のような動きに、雪奈も驚きと呆れの混じる声音を漏らす。

だが湊は、その声に反応するような余裕はなかった。

(――――えげつない魔法だな!?)

背後から迫る氷の花弁は、木をすりおろすように刻みながら湊を執拗に狙う。

それに加え、背後からつかず離れずの距離で雪奈自身も迫ってくる。

魔法の射程外に出るという、対魔法使いのセオリーが通じない。

そして、彼女は走りながら氷の花弁の魔法を使い、その上索敵用の冷気も展開し続けているため、【隠密】も通じない。

湊は魔力の節約のため、【隠密】も解いた。

（バカ魔力量と森の中を駆け抜ける体力……無茶苦茶だ！）

彼女も玲や乃愛と同じ、極まった強者だ。

だからこそ、逆に都合のいい点もある。

森を駆け抜け、彼女たちの元へと向かう。

すると前方から、何かが飛んできた。

湊が反射的に躱すと、それは木にぶつかり、悲鳴を上げた。

「あがッ……ぐ、ぅぅうっ!?」

それは赤崎だった。

全身には鋭い刃で刻まれたような切り傷を作り、血に染まっていないところがないほどであった。

恐ろしいのは、その傷を作ったのは、試験用に切れ味を落とされた武器であること。

そして下手人(げしゅにん)も姿を現した。

「あれ？　湊じゃん。どしたの？　私に斬られに来た？」

くすくすと楽しそうに笑う無傷の乃愛を見て、湊は表情を引き攣らせる。

「いや、お届け物だ」

背後から、氷の花弁が渦を巻き、現れる。

乃愛の意識が魔法に向き、雪奈は乃愛を警戒し、速度を緩めた。

その瞬間を見計らい、湊は【隠密】を発動させ、その場を退いた。

「これは――――」

その様子を配信を通じて見ていたすいは驚愕したように声を漏らす。

「ええ、四つ巴ね」

戦況を見た恋歌は楽しそうに目を細めた。

「白木は乃愛を壁に使うことで、上手く妃織の索敵範囲から逃れたな。冷静で上手い手だ。環境を分析し、利用する技術は白木の真骨頂と言えるな。俺には真似できん」

厳哲は静かに湊の技術の高さを認める。

厳哲が手放しに人を褒めるのは珍しい。恋歌も意外そうに厳哲を見つめた。

『家主さん、上手く距離とったな』

『赤崎頑張れー!!』

『やっべぇ、どうなるんだこれ!!』

『クライマックスじゃん!』

『これが白木有利の状況ってこと？』

「……ええっと、確かに遠距離攻撃手段を持ち、【隠密】で姿を消した白木さんが有利ではあります、か？」

すいは自信なさそうに厳哲を見る。

彼女には、これほど多様で強力な能力を持つ冒険者同士が戦う状況がどう動くのか読み切る自身はなかった。

「そうだな。これで五分と言ったところだろう」

「低くないですか？」

「そんなものよ。皆、湊君を警戒してるから、誰かが対処する――――ほらね」

画面の中では、渦巻く冷気がドームへと変じていた。

「……しまった――――！」

赤崎は、背後で閉ざされた退路を見て歯噛みする。

赤崎、乃愛、雪奈を囲うように冷気のドームが張られた。

ご丁寧に、冷気の中には氷の刃が舞っているため、無理に突破しようとすれば全身が刻まれるだろう。

（どうしてこうなった……白木湊を早々に倒して、あとは隠れ潜むつもりだったのに……⁉）

赤崎も【隠密】スキルを持っている。熟練度はDだが、冒険者相手なら十分な数値だ。

だがその計画も、湊を倒せずに狂った。

(侮ったつもりはない。それでも、勝てると思ったとき、気が緩んだのは確かだった……!)

そして、それを湊は見逃さなかった。

見えないロープも香辛料の袋も、的確に赤崎の意識の隙間を突いた。

その戦い方は、モンスターを超越し、討伐する冒険者の手法ではない。

(あれが白木湊の……【冥層冒険者】の戦い方、いや、生存術か)

戦えないと、そう思っていた。

それは事実だ。正面から戦えば赤崎が勝つ。

だが、これは決闘ではない。それを赤崎は忘れていた。

(一度姿をくらませば、まず見つからない【隠密】に、超広範囲の【探知】……こんな相手と森で戦おうとしていたのか……)

隠れ潜む冷徹な狩人【冥層冒険者】、残虐に敵を切り刻む【麗猫】、そして膨大な冷気と戦技を併せ持つ【雪乙女】。

(とんだ怪物どもに喧嘩を売ったものだ)

ここにきてようやく、赤崎の心から余計なノイズが消えた。

（……消えちゃった）

雪奈は雪のように冷たい無表情の奥で、僅かにしょんぼりしていた。

他の多くの参加者たちと同じように、雪奈も湊を狙っていた。

だがそれは湊を倒し、試験を有利に進めるためではない。

（同期になるからいろいろ話したかったのに……）

湊と雪奈は共に推薦されている。そのため、同期で入団することが確定している。

それに加え、二人は同い年だ。

若くしてダンジョンの最前線で戦ってきた彼女にとって、同年代、しかも実力が似通っている同期は特別だった。

（恋歌が「彼は実力を認めた相手以外とは話さないわ」って言ってたから攻撃してみたけど、まだ足りてないのかな……）

満面の笑みでそう言ってきた恋歌を思い出す。

完全なる嘘で場をかき乱したいだけの愉快犯の狂言だが、雪奈はそれに気づいていない。

それどころか、彼女の中の湊のイメージは、頑固で気難しい『狩人』になっていた。

（もっと、頑張ろう）

乏しい表情の奥で、彼女はそう決意した。

（……あはっ、やばい、めちゃくちゃ楽しい!!）

乃愛は心の奥から湧き出す享楽を隠さず、狂笑を浮かべる。

ずっとお預けされてきた湊と戦うためにこの試験に協力したが、想像以上に楽しい状況になっている。

（まずは死にかけと氷使いから……メインディッシュの湊は最後だね）

想像するだけで胸の奥から湧き出す高揚感に、乃愛は爛爛と瞳を輝かせる。

だが思考は恐ろしいほど冷静で、獲物を見定め短剣を構える。

彼女の行動原理に複雑なものはない。

ただ、戦いを楽しむため、その爪は強者へと向かう。

（やられたな……）

俺は、吹雪のドームを睨む。

三人の姿は完全に見えなくなっている。

【探知】を使っているので三人の居場所はわかるのだが、あの氷の刃が混ざるドーム越しに狙うのは難しいだろう。軌道がズレてしまう。

(中で潰し合うのを待つか？　……いや、【氷魔法】使いが残ったら最悪だ。俺との相性が悪すぎる)

膨大な魔力に任せた広域索敵を使える魔法使いは俺の天敵だ。

確実にあの吹雪の中で【氷魔法】使いを落とす必要がある。

(……やっぱ初見の相手は難しいな)

俺は心中で反省する。

初手の奇襲、そして赤崎に襲われ、乃愛が来て、【氷魔法】使いと鉢合わせたり、いろいろとイレギュラーが続いた。その中で冒険者を三人倒したが、その後はいいところなしだ。

人間相手でもうまく狩れると思ったが、現実はそう甘くない。

(そういえば、冥層に入って最初の数か月は毎日こんな感じだったな……)

訳のわからない雨に、恐ろしいモンスターたち。

激変する環境に流される木の葉のように、俺は翻弄されていた。

そのときも、今日のように行き当たりばったりで動いて、何度も死にかけた。

だけどそれも、冥層を知り、適応することで克服してきた。

（……俺にとって探索は、未知を既知に変えること。これもそうだ。観察して、弱点を見つけてやる）

『狩り』の基本は観察すること。

獲物を仕留めるために動くのは最後の最後だ。

初心に戻り、俺は吹雪のドームを見つめる。

「あはっ！」

笑みを浮かべた乃愛は、真っ直ぐに雪奈へと向かう。

両の手に握った短剣は厚い刀身をしており、不気味に曲がりくねっている。

雪奈は盾で連撃を防ぎ、細剣で鋭い反撃を見舞う。

「やる、ねっ！」

乃愛は真横に跳び、空中を踏みしめる。

そしてバネのように全身を使い、雪奈の背後の空中に着地する。

立体的な機動を可能にするのは、【空歩】という、空中に足場を作り出すスキルのお陰だ。

乃愛の身体能力と合わさり、そのトリッキーな動きは、相対していた雪奈からは消えたように見えた。

「……………」

だが、雪奈も流石の反射神経で、背後に向けて盾を振るう。

「──────っと」

乃愛は盾を短剣で受け止める。

激しい衝突音が響き、交差した短剣に盾が押し込まれるが、乃愛は崩れない。

「……きひッ」

凶悪な笑みを浮かべ、乃愛は短剣を振るう。

空気を切り裂きながら迫る短剣は、しかし側面から割り込んできた槍のせいで、後退を余儀なくされる。

「なぁーんだ、まだやる気？」

猫のようなしなやかな動きで槍の奇襲も躱しきった乃愛は、意外そうに赤崎に声をかける。

「……当然だ。僕を刻んだお前だけはここで落とす」

「……できるといいねぇー？」

間延びした口調で煽る乃愛に対し、赤崎の表情が歪む。

助けられた形になる雪奈は、二人と距離をとるようにゆっくり立ち回る。

狭い吹雪のドームの中、互いが間合いを取り合い、三角形が形成される。

それは実況の予想通りの展開だった。

「やはり乃愛に攻撃が向いたな」

厳哲は面白そうに吹雪のドーム内の光景を見る。

「そうでしょうね。赤崎君は乃愛にぼこされてるから、自然と乃愛にヘイトが向かうし、雪奈も手負いの赤崎君より、乃愛への対処を優先したいでしょうね」

『うおぉおおお、乃愛様〜〜!!』

『今日も素敵です、お嬢様！』

『みんな頑張れー』

『家主、空気じゃない』

『なんかしろ』

『やっぱ逃げ隠れするだけじゃんか』

「乃愛さん信者も多く見守る中ですが、流石に二対一だと不利でしょうか？」

「そうねぇ、二対一がこのまま続けば不利だけど、そうはならないわ」

乃愛はダメージの深い赤崎を狙う。

振り下ろされる短剣の威力に赤崎は歯を噛み締める。

（────ウッ、片手だというのに！）

何度も味わってきた短剣の威力は、乃愛の取り込んだ魔素量を物語っている。

赤崎も身体能力が低い方ではないが、乃愛はそんな彼を優に上回っている。

「ふっ……！」

足の止まった乃愛へ、雪奈は細剣を突き出す。

顔を狙った突きを首を動かすことで躱し、突きを放ち切った雪奈へと槍が振り下ろされる。

「……びっくりした」

甲高い音を立て、澄んだ氷盾が槍を受け止める。

今度は一転、雪奈が二人の標的となった。

「油断、するなっ！」

赤崎の連撃は氷盾で防ぎ、乃愛の変則的な攻撃は盾と剣を駆使し、受け止める。

重く鋭い乃愛の攻撃は、一撃ごとに雪奈の芯へと響く。

必然、その意識は乃愛へと多く割かれる。

その隙を、赤崎は見逃さなかった。

「【変速】！」

スキルを発動させる。

自身の動きを加速させ、槍の突きを加速させる。

氷盾の動きを置き去りにし、自身に迫る穂先を雪奈は、ギリギリ身を捩ることで直撃を避ける。

だが脇腹を掠る穂先により、赤い鮮血が滲む。

試験用に切れ味が落とされていると言っても、無防備な腹部に当たれば傷は負う。

だが、重症ではない。

「――――」

体勢の崩れた雪奈へと、青く殺意に燃える視線が注がれる。

短剣を警戒して盾を掲げた雪奈は、しなるように繰り出された蹴りを、傷を負った側の脇腹で受けてしまった。

「……うっ！」

吹き飛ばされた雪奈は、吹雪のドームの端で止まる。

さらなる追撃を仕掛けようとする乃愛、そして乃愛の背を狙う赤崎。

雪奈は地面に手を突き、魔法を発動させた。

「【氷壁】」

ドームを分断するように氷の壁が生成される。

乃愛と赤崎、雪奈で完全に分断される。乃愛は小さく舌打ちをして、背後から迫る槍を跳躍して避ける。

槍は氷壁の一部を削り取った。

それを見た乃愛の脳裏に、ある選択肢がよぎる。

(かなりの魔力を込めた氷壁……私とこいつを分断して湊狙い？)

乃愛にとってそれは一番避けたい展開だった。

自分と正面から戦えるほど強い雪奈を取り逃し、わざわざ面倒な試験官役までやった目的である湊を取られるかもしれない。

乃愛は、手札を晒すことを決めた。

「【変速】！」

赤崎もまた、決着を急ぐ。

雪奈がいなくなり、変則的な二対一を作れなくなった以上、一対一で乃愛と戦う必要がある。

不意打ちの一撃で仕留めなければ、勝機はない。

自身の放てる最速の一撃を繰り出す。

そしてそれは、宙を切った。

視界から消えたその手段が、【空歩】による立体的な移動によるものだと気づいたときには、その首筋に細くしなやかな指が掛けられていた。

「【重裂傷】」

スキル名を聞いた瞬間、赤崎の全身から血が噴き出し、彼の意識は途絶えた。

「【重裂傷】」

再度のスキル発動。崩れ落ちる赤崎には目もくれず、乃愛は双刃に紫色のオーラを纏わせる。

そして一閃。

十字に刻まれる傷跡。それは氷壁を切り崩すには浅すぎる傷だ。

だが僅か一瞬の後、傷が一気に広がり、氷壁は崩壊した。

崩れゆく氷の欠片の奥に、乃愛は両手を突き出す雪奈の姿を見た。

「【雪花爛迅】！」

氷の花弁が放たれる。

待ち構えていた雪奈の攻撃が、乃愛の全身を刻む。

短剣で急所だけ庇(かば)った乃愛は血まみれの顔を歓喜に染め、狂ったように叫ぶ。

「威力低いけど、魔力切れかなぁ!!」

「……っ、私が勝つ」

乃愛の指摘通り、魔力切れ間近で蒼白な顔をした雪奈は、細剣を構えて乃愛へと駆ける。

もう小細工はない。最後の力を振り絞り、気合で身体を動かす。

吹雪のドームを隔てていた氷壁を踏み越え、刃を振るうその瞬間、二人の意識は互いだけに向いた。

その隙を、彼は見逃さなかった。

「————あっ」

垂直に落ちてきた矢が、吹雪のドームに侵入する。

殺傷能力を持たない矢は、傷ではなく衝撃を、雪奈の華奢な肉体へ伝える。

自身の意思とは違うタイミングで吐き出された息。

身体の中央を押されたせいで崩れる体勢。

眼前には、迫る乃愛の姿。

「【重裂傷】」

身体に添えられた手から、紫色のオーラが伝わる。

脇腹の傷が開き、その衝撃で雪奈は意識を失った。

同時に、制御を失った吹雪のドームも崩れ落ちる。

氷の粒が陽光を反射し、ステンドグラスのように輝く。

そんな幻想的な光景の中、乃愛は先ほどの一幕を分析する。

（……渦巻く吹雪の起点、真上から垂直に矢を入れて、風の影響を最小限に抑えたわけだ）

言葉にすれば簡単。しかし、そのタイミングは完璧というほかない。

乃愛が最もダメージを負い、かつ自身の天敵である雪奈を確実に脱落させる。

（もし湊が狙ったのが私だったら……）

今とは違った結末になっていたかもしれない。

その言葉を、乃愛は心の内にしまった。

なぜなら――――

「これ以上興奮したら、マジになっちゃいそうじゃん……！」

乃愛は何の気配も感じない森の奥を、爛爛と殺意に濡れる瞳で見つめる。

熱い眼差しは、ある意味、恋に溺れる少女のように艶やかだった。


（あと一人）

俺は木の上で、吹雪のドームから出てきた乃愛を見る。

俺の姿が見えていないはずの乃愛と視線が絡み合う。

その獣のような殺意に濡れた瞳に射竦（いすく）められても、俺の心は凪（な）いでいた。

ただ機械的にボウガンの引き金を引く。

【7連式速射ボウガン】、その名の通り、七発まで矢を装填し、速射できるボウガンだ。

まず三発放つ。

それぞれ【射撃軌道操作C】の力により、バラバラの軌道で乃愛を襲う。

乃愛はそれを短剣を振り払うことで撃ち落とす。

(視界の悪い森の中でこれか……)

俺は続けて四発放つ。今度も軌道を変え、タイミングもずらすが、乃愛は獣じみた動きで短剣を操り、撃ち落とす。

血を流し、体力も落ちていてもこれだ。

だが、俺に焦りはない。

(長くは続かない。そのうち出血で倒れる)

俺はそれまで、乃愛に攻撃を仕掛け続けるだけでいい。

俺は素早く【物体収納】から取り出した替えの矢を装填し、引き金を引く。

無数の矢が、あらゆる角度から乃愛を襲う。

途切れることのない矢の群れは、乃愛に回避と迎撃を強制し、その体力を削っていく。

順調だ。時間の経過と共に、彼女の動きは鈍くなっていく。

だが違和感がある。

（どうして動かない？）

乃愛は初めにいた場所から一歩も動いていない。

飛び道具を相手にした場合は、動き続けることで射線を外すのがセオリーだ。

俺の場合は【射撃軌道操作】があるため障害物はあまり意味をなさないが、それでも乃愛の機動力で動き回られれば追いつけない。

【射撃軌道操作】は、発射物の軌道を操るスキルだ。

熟練度Cで発射物を加速させられるようになるため、飛距離多少は変わるが、俺のボウガンの射程は350メートル。

宙を駆ける彼女にとっては、大した射程ではないだろう。

（逃げるのが気に入らないだけか？）

彼女の戦意に濡れた瞳を見れば、それも納得だが。

だが、このまま何もしないタイプじゃないだろ。

「――――ふっ、やっぱりな」

俺の視線の先で、乃愛は確かに俺を見た。

そして駆ける。

姿勢を低くし、木々の隙間を縫うようにこちらへ迫る。

俺は自分の居場所を気づかれたと察する。

(射角から居場所を掴まれた、はありえない。誤魔化して撃ってる……)

なぜ気づかれたのかはわからない。だが今はそんなことはどうでもいい。

俺は凄まじい速度でこちらへ迫る乃愛へと矢を四発放つ。

一発目は躱され、軌道を変えた二発目、三発目も視線を向けることなく短剣で弾き落とす。

(チッ、【隠密】対策もばっちりか)

「あはッ、湊見つけた……！」

すでに乃愛の声がはっきりと聞き取れるほどの距離まで近づいた。

残りの矢は三本。リロードする時間はない。

(引き付けて放つ……)

乃愛は身をかがめ、跳躍した。

木上にいた俺へと真っ直ぐに迫る。

「────ッ」

引き金を引く。

だがその瞬間、乃愛の姿は俺の視界から消えた。

【空歩】による背面への超速移動。

俺はそれを知っていた。

振り向くことなくボウガンを背後へ向けて引き金を引く。

「――――だと思った」

冷静な声音がすぐ後ろから聞こえた。

乃愛は短剣を振るい、矢を切り払う。

完全に行動を読まれた。すでに手を伸ばせば、互いに届く距離だ。

そしてそれは、乃愛の刃圏に入ったということ。

「楽しかったよ、湊」

血に飢えた歪な刃が俺を狙う。それが振り下ろされる直前、見えない矢が乃愛の胴体に命中した。

「――――」

乃愛は驚愕に顔を歪め、地面へと落ちる。

俺は無防備な乃愛へと照準を合わせ――――試験終了の鐘が鳴った。

「……はあ、ようやく終わりか」

俺はボウガンを下ろし、息を吐く。

……いろいろ大変な試験だった。

自分なりにベストは尽くしたが、結局一人で倒せたのは最初の三人だけ。あとはおこぼれを拾った形だけど、これを見ていた視聴者はどう思ったのか……不安だ。

「お疲れさま、最高に楽しかったよ」

物思いにふけっていると、ふわりとシトラスのような甘い香りが鼻腔をくすぐる。

同時に首元から背中にかけて、温かな熱が広がる。

耳を溶かすような囁き声と柔らかな感触で、抱き着かれていると一拍遅れて気づく。

「うわっ!?　なんで抱き着いてんの!?」

「えー、いいじゃーん」

乃愛はからりと明るく笑う。

その心境を表すように、サイドテールからぴょこぴょこと揺れていた。

「負けるなんて思わなかった」

「そもそも俺は勝ってないだろ……実戦ならあんな矢、切れ味落ちてなくても刺さらないだろうし、俺には乃愛にとどめを刺す手段はない」

「いいじゃん、私が負けたって思ったんだから。湊の勝ちだよ」

「……よく言うよ。本気じゃなかったくせに」

俺は乃愛を引き剥がし、その顔を見返してそう言った。

乃愛は離れた俺を惜しむように手を伸ばした後、こてりとわざとらしく首をかしげる。

「そんなことないけど？」

絶対嘘だ。

俺は揶揄うように細められた瞳を見て、確信した。

乃愛は玲と並ぶ【オリオン】の武闘派だ。

俺が玲に勝てないなら、乃愛に勝てるわけもない。

手を抜いたわけではないのだろうが、本気でもなかった。

(ただの試験官役で、奥の手を晒すわけないしな)

確信はあるが、俺が何を言っても、この猫のように気まぐれであざとい少女は本当のことを言わないだろう。

「というか、どうして俺の場所がわかった？」

「あの矢、軌道は変えてたけど、その分、遠回りさせた矢は威力が低いでしょ。何発か受けたらわかっただけ」

微妙な矢の威力の変化から、俺の位置を突き止めるために動かなかったのかと合点がいく。

それと同時に安堵もした。

（そんな方法で居場所を突き止められるのは乃愛ぐらいだろうな）

誰にも真似できない方法なら、配信に乗っても大丈夫だろう。そう思っていた俺の眼前に、にゅっ、と端正な顔が現れた。

「ていうか、私がいて驚いたでしょ？」

乃愛は唇の端を吊り上げて笑う。俺は素直に苦笑を浮かべた。

「めちゃくちゃ驚いたよ。こういう試験官なんて面倒くさがりそうなのに」

「湊と戦ってみたかったし」

「失望させてないといいけど」

「してないよ。新鮮で楽しかった」

しっとりと濡れた声音で囁かれた言葉に、俺は小さく背筋を震わせる。

「それに、れいちーと仲いいみたいだし、変なのじゃないか確かめないとね」

「……………合格？」

「だから生きてるんでしょ？」

世界一怖い返答に浮かべた笑みは、はっきりと引き攣っていた。

だけど、玲の友人で彼女と同じ【オリオン】トップ層の冒険者が認めてくれるぐらいには、戦えたらしい。俺はその事実にほっと胸を撫で下ろし、青く澄み渡った空を見上げた。

7章　これから

『うぎゃああああ!!　あいつ、乃愛様に何してんだー！！！』

『離れて！』

『玲に続いて、俺の推しが取られた！』

『……やだやだやだやだ、あの二人接点あったの』

『はい、仕事辞めます』

『勝手にやめなｗｗｗ、でも意外とお似合いよ、この二人』

『いやあああああ!!』

「あー、乃愛さんファンの方たちの悲鳴が絶えませんが、これにて【オリオン】入団試験は終了ですー！」

乃愛に好かれる意味を知っているすいは、湊に同情しながらも阿鼻叫喚（あびきょうかん）の状況を締めくくる。

ちらりと隣を見るが、恋歌は腹を抱えて笑っており使い物にならず、厳哲のフォローは元々期待していない。

「えー、時間も押してますので厳哲さん、今回の試験の総評をー」

「……うむ、全体としてレベルの高い者が揃っていたな。ただ、試験開始直後に脱落した者が多いのは気になるところだ」

「雪奈さんがいっぱい凍らせたのもありましたしねー」

「あとは、そうだな……やはり推薦された二人は、確かな実力を示した」

「と言いますとー？」

「まずは妃織雪奈、圧巻の魔法と剣技で、倒した参加者の数は断トツの一位だ。あれほどの大規模な魔法を発動させながら、試験終了間際まで戦い続けたスタミナも流石だ」

『文句なし！』

『あの魔法はチート』

『チートは魔力量でしょ』

『合格か⁉』

『そりゃそうでしょ！』

『おぉー、あの鳴家が褒めてる』

「そして白木湊、試験開始直後は注目度が高かったこともあって不安定な立ち回りを見せたが、後半に行くにつれて相手の情報を集め、冷静に対処していた。前評判以上の生存能力だ」

『確かに！　みんなかっこよかった！』

『最後の四人の戦いは熱かった！　俺は一気に湊さんのファンになった！』

『まさか乃愛様に勝つとは！　同じ弓使いとして尊敬だわ』

『あれなんのスキル？　【曲射】？　あんな追いかけるっけ？』

『んー、確かに最後はすごかったけど、前半は赤崎にボコされてたのは減点じゃね？』

「直接的な戦闘力を疑問視する声もあるようですが？」

「それは的外れな指摘だ。白木湊の冒険者としての役割は、遠距離攻撃と情報収集によるサポート、つまり斥候だ。前衛系の赤崎クロキと戦い、勝つことを求めるのは無理難題だろう。探索では玲がいるから、あれがベストな立ち回りだ」

『冥層冒険者って聞いて、勝手に完璧超人みたいなの想像してたわ』

『できないこともあるからパーティーを組む。その点で、後衛としても補助としても白木湊の存在はパーティーの生存率を上げるために、絶対に欲しいレベル』

『俺的には想像以上に戦えるんだなって印象』

『しょうがない、玲様を任せよう！』

『本当にやばいのはあの【隠密】だろ。妃織さんと乃愛以外、まともに見つけられてないぞ』

コメントの評価は湊の実力を認めるものが多かったが、それでもやはり、火力不足を指摘する声は多かった。

（火力なくても冥層で生き抜ける能力がやばいって話ですよねー）

器用でなんでもできるため、パーティーでは斥候の役割を担うことも多いすいからすれば、あんな鉈とボウガンだけで冥層まで一人で行っている湊は化け物でしかないのだが、冒険者ではない視聴者にはわかりづらいようだ。

「では恋歌さんはいかがでしたかー？」

「……ふふっ、そうねぇ、やっぱり最後の吹雪のドームの三つ巴は面白かったわ。雪奈が負けちゃったのは残念だけど」

「そうですね！　皆さん大活躍でした！　私的には乃愛さんの新スキルが気になりましたけど！」

『そうそう、その話！』

『あれ、もしかして【重裂傷】!?』

『一個しか持ち帰ってなかったよね？　効果確かめずに使ったん？』

「あの子、フィーリングで覚えるスキル決めてるから」

恋歌はやれやれと言いたそうに肩を竦めた。

「でも、乃愛の手数重視の戦い方と噛み合ったスキルね」

「そうだな。自分の肉体や触れた物に紫のオーラを纏わせ、そのオーラに触れれば傷が重症化するというスキルだな。中々凶悪で、使い勝手がよさそうだ」

『あれめっちゃほしい』

『おたくの冥層冒険者に新品取りに行かせてください』

『頼むから市場に流してくれ～!!』

『あのオーブ独占は恨むぞ！』

「あははは……で、ではこれにて配信を終了しまーす、皆さん、お疲れさまでしたー」

「よかった、無事で……」

玲は【オリオン】の敷地正門近くで、ぽつりと安堵の声を漏らした。

配信はすでに終わり、玲は最後に流れるコメント欄を閉じて、スマホをしまう。

正門からは試験を終えた受験者たちが帰っていく。

合格者は事務所に集められ、今後についての話をしているころだ。つまり彼らはみな、不合格者たち。その表情は暗く、激闘を物語るように身体には真新しい傷をつけている。

自分よりも遥かにか弱い湊が屈強な冒険者たちの中に放り込まれて争うことを、誰よりも心配していたのは玲だった。

そして、湊が大きな怪我もせずに、さらに乃愛を倒すという大戦果を挙げたのだ。玲は小躍りしたいほど嬉しかった。

この気持ちを誰かと共有したくて、SNSを開いて、試験を見ていた人のツイートを漁る。

湊を褒めるコメントを見つけて頬をほころばせ、湊を誹謗中傷するコメントには、スマホを握り潰さんばかりに震えて――

「わ、私と湊先輩がお似合い？　ふ、ふふふふっ♪」

一転、怪しい笑みをこぼして、艶やかな黒髪を跳ねさせる。

そんな不審者一直線の玲へと、呆れたような声がかけられた。

「何してんのよ、バカ玲」

「れ、恋歌さんっ⁉」

勢いよく振り返った玲の顔は真っ赤だったが、恋歌の隣に湊がいることに気づいて、一気に晴れやかな表情に変わる。

「湊先輩！　お疲れさまでした！　私も見てましたよ！」

「……ちょっと恥ずかしいな。結構やられたし」

湊は所在なさげに頬をかいた。その頬にも真新しい傷があった。

「いえ、かっこよかったです……」

「そ、そうか。ありがとう……」

「「………」」

「ねえ、もういいかしら？」

恋歌の呆れ声で、二人は我に返る。

「……はあ、じゃあ戻るわよ湊」

「もうですか？」

「この後、新団員向けの説明会があるのよ。玲は終わるまで待ち続けるって湊が言うから来たの」

「私ならいつまでも待つのに……」

「説明会は二時間はあるわよ？　アンタどこの忠犬よ」

湊の盾となれと言った恋歌だが、その忠誠ぶりには若干引いていた。

「ほら、さっさと――」

「あ、ちょっと待ってください」

「なによ？」

「以前言っていた、俺に配信をしてほしい理由って？」

湊が【ディガー】の素材を売るために初めて恋歌に会ったとき、湊に配信をしてほしい理由を後回しにされた。正式に入団が決まった今、教えてくれるだろうと思い尋ねる。

「ああ、それね。答えはこれよ」

恋歌が湊に見せたのは、今日の入団試験について盛り上がるＳＮＳの画面だった。

――配信最高だった！　家主ナイス！

――スキル構成迷ってたけど、俺も【隠密】取るわ！

――いつか【オリオン】に入れるように頑張ります。

――俺は冥層行くわ！　白木パーティー組もう！

「これは……ちょっと恥ずかしいですね」

「慣れなさいよ。これからは賞賛も批判もとんでもない数来るんだから」

「はあ……でもこれがなんなんですか？　ファンを作れってことですか？」

「当たらずとも遠からずって感じね。ねえ、湊。これから冥層はどうなると思う？」

「どうって……俺たちはとりあえず51階層の攻略を目指すことにしましたけど」

玲もこくりと頷いて、恋歌さんを見る。彼女も、恋歌さんが何を言いたいのかまだわからないらしく、静かに答えを待つ。

そんな中、恋歌さんはふっ、と鼻で笑った。

「なんですか……」

「全く子どもね。全体が見えてないわ」

その言葉に少しイラッとしたが、それよりも疑問が勝った。

「なら、どうなるんですか？」

「冒険者の冥層進出よ」

「――――！」

「それは……随分先のことだと思いますが」

玲の言葉に、恋歌さんはふるふると頭を振った。

「玲、冒険者はアンタの思っているほど弱くはないわ。配信で映った映像から湊の行動を解析して、同じように冥層に挑む者は必ず出てくる。その先に待つのは……」

「冥層の資源の取り合いと、足の引っ張り合い」

俺の言葉に恋歌さんは満足するように頷いた。

「それが最悪のパターンね。あの階層は広い上に生態系が過酷すぎるわ。人が数十人単位で死んでもわからないほどにね」

ダンジョンでの犯罪行為は露見しにくい。51階層の環境なら、死体が出ても雨に溶かされるか、モンスターが処理する。

あの過酷な環境の中で『人間』も警戒する必要が出てくるのは最悪だと俺は眉を顰めた。

「だから配信するのよ。知名度を上げて味方を増やすの。あなたの戦い方に魅力を感じたファンでも、冥層の情報をくれたことに恩を感じる冒険者でも、何なら玲に惚れたガチ恋勢とかでもいいわ」

「それなら俺は嫌われると思うんですけど」

「もう呪われてるでしょ」

「大丈夫です、湊先輩。もし湊先輩に危害を加える輩(やから)がいれば、私が斬りますから」

どっちもシャレにならないことを言わないでほしい。

「とにかく、簡単に手出しができない影響力を持つの。クランや企業、【迷宮管理局】のちょっかいはうちで防げるけど、ダンジョンの中までは難しいわ」

自衛のため。そう思えば、配信にもやる気が出てきた。

「理想を言えば、湊たちを旗頭に、クランに関係なく冥層を攻略する体制を作りたいけど、それはまだ先ね。そのためには、あなたたちにはまだ実績も知名度も信頼も足りないわ。だから頑張ってね」

「51階層の攻略をですか？」

「誰よりも冥層の最前線にいることをよ。51階層もその先もね」

「随分プレッシャーかけますね」

「当たり前よ。あなたは【オリオン】なのよ？　この国のトップクランの一員なんだから」

恋歌さんは微笑んでいるが、その瞳に冗談の色はない。頂点に立つのが常とされてきたクランの一員になる意味を、俺はようやく知った。

『【オリオン】合格者を語る』
名も無き市民　001
「ついに発表されたな……」
名も無き市民　002
「合格者は4名。白木湊、妃織雪奈、赤崎クロキ、影谷兵馬」
名も無き市民　003
「……最後の誰？」
名も無き市民　004
「知らん。けど、補助系、つまり荷物持ちや斥候系の人らしい」

名も無き市民　005

「家主と被ってんじゃん」

名も無き市民　006

「配信見てたみんなの印象にないってことは、最初から最後まで隠れきったんだろうな」

名も無き市民　007

「それで受かるのか」

名も無き市民　008

「白木が出てきたから、冒険者にも『強さ』以外を求めるようになったんだろ。あの狭いエリアで血気立った冒険者相手に隠れられるなら、よっぽどの隠密能力よ」

名も無き市民　009

「最近ダンジョンでも、モンスターの配置とか確認しながら進むやつら増えたよな」

名も無き市民　010

「お陰で斥候してたわれ、人気になったぜい、ありがとう家主」

名も無き市民　011

「斥候って白木みたいなことしてくれんの？　モンスターと会わないルート見つけてくれたりとか」

名も無き市民　０１２
「そんなことできるかカス！　周囲のモンスターの位置を探ったり、モンスターの種類を見破るぐらいが精一杯じゃ！　あれは……無理よ」
名も無き市民　０１３
「豹変すんな笑笑。でもモンスターと会わないみたいなことするには、広大な範囲のモンスターの配置を見破って、その移動経路も予測する必要がある。最低でも高熟練度の探知系スキルと階層、モンスターへの高い理解が必要。つまり、家主だ」
名も無き市民　０１４
「第二のあの人が現れるのは先かー」
名も無き市民　０１５
「そうでもないかもしれん。あの人、二回の配信で結構情報出してくれたから、それを基に練習してる探知系スキル持ちは多いぞ」
名も無き市民　０１６
「じ、じつは僕も、練習してるの……」
名も無き市民　０１７
「あ、そ。できたら連絡よろ」

名も無き市民　０１８
「興味ゼロで草ｗｗｗ」
名も無き市民　０１９
「てか、話ズレてる。合格者のことよ。ぶっちゃけどう？」
名も無き市民　０２０
「雪奈ちゃんが可愛い。真っ白で雪の精霊みたいで可憐。写真集出してほしい」
名も無き市民　０２１
「まあ、順当だよな。活躍した奴、上から取ったみたいな感じ」
名も無き市民　０２２
「雪奈可愛いはガチ。俺は乃愛派だけど。だけど、確かに意外感は影谷以外はないよな」
名も無き市民　０２３
「推薦された二人は確定で合格だしなぁ」
名も無き市民　０２４
「これからに期待だな」

8章　冥層の変異

入団試験は無事終わった。あのあとも大変だった。

帰りは報道陣に囲まれたし、家に帰ってからも、長い間連絡がなかった同級生たちからメッセージが来ていた。

今回の入団試験で俺の顔は一気に知られたのだろう。

【オリオン】所属になる、その意味と変化を、俺はさっそく感じていた。

そして俺と玲は正式にパーティーを組み、入団数日後、俺たちは『冥層』へと向かっていた。

あんな騒動があったあとだ。俺たちは互いに変装し、50階層で現地集合した。

「つけられていないでしょうか」

フードで顔を隠した玲は、【天への大穴】の近くのルームで不安そうにそう言った。

「……とりあえずは大丈夫だな。道中はわからないけど」

普段の50階層はほとんど人はいないのだが、今日は様子が違う。

人に見られていない自信はない。

「人が増えましたからね、湊先輩の影響で……」

「やっぱり俺狙いなのか……」

今日の50階層は、いや、恐らくここ数日の50階層は人口が爆増している。

それは50階層に到達した冒険者が増えたということではない。

本来はこの階層で活動できないような冒険者も、ここに来ているのだ。俺を探しに。

「『寄生』の冒険者なので、撒こうと思えば撒けますけど、見つかるのは避けたいですね」

「……そうだな。俺たち二人が冥層に行ったと知られたら、またオーブと素材を狙われる。それにしても、『寄生』までして来るかね」

『寄生』とは、一言でいえば、他人の転移に相乗りすることだ。

『安全領域』での転移は、一度行ったことのある『安全領域』にしか飛べない。

だが、一人でも50階層に辿り着いたことがあれば、その一人に触れることで、行ったことのない人間も、50階層に来ることができる。

しかし『寄生』では、到達階層を更新することはできないため、帰るときも、誰かの転移に『寄生』するしかない。

それは、本来の実力以上の階層の只中に置かれるということ。

危険な行為のため、【迷宮管理局】も推奨していないが、それをしたからといって、何かのペナルティがあるわけではない。

今回のように人探しをする場合は、上の階からも人を呼ばなければ間に合わないのだろう。

とはいえ、それをやられる側からすれば迷惑だが。

「……【オリオン】側で湊先輩への接触を断ってますからね。ダンジョンの中で偶然出会ったことにして交渉をしたいのでしょう」

「ダンジョン内は治外法権みたいなもんだからなぁ……」

目当ては情報か、冥層の品か。

【オリオン】に入団して数日、探索の準備を考えても、このあたりで冥層に行くと読まれているのだろう。

【オリオン】という後ろ盾を得たことで、襲撃や地上での尾行といった過激な手段をとる者の姿は消えたが、ダンジョン内は別だ。

偶然出会ったと言われれば、どうすることもできない。

……やっぱり配信で冥層の情報を流す必要はあるな。

現状、俺と玲だけが宝の山を独占する形は健全ではないし、世間が許さないだろう。

「……せっかく正式なパーティーとしての探索一日目なのに……蹴散らしますか？」

初日の探索を邪魔された玲は、瞳にちろりと怒りの炎を宿し、提案してくる。

「いや、駄目だろ。【オリオン】の評判がガタ落ちになるぞ」

俺は苦笑しながら否定する。

「今更そんなことで落ちませんよ。乃愛がいるクランですよ？」

すごい説得力だ。

フードを被った二刀流の軽戦士を思い浮かべるが、きっとダンジョン内でも気まぐれに戦っているのだろう。

「それでも駄目だ。ヘイトを買いすぎる。ここは静かに行こう」

【天への大穴】にも、何人かの冒険者が集まっているのを感じる。

だが、俺たちなら問題なく通れる。

俺は玲に手を差し出す。

玲は静かに手を取り、俺たちは姿を消した。

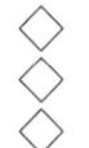

「……ったく、全然姿を見せねえな」
「上もむちゃ言うよな、ダンジョンで接触して繋がり作れって」
「そんなん言うなら探知系スキル持ち、もっと回せよ……」

どこかのクラン所属らしい冒険者たちの会話を聞きながら、俺と玲はその横を通っていく。

俺と手を繋いだ玲は、【隠密】の効果に物珍しそうに周囲を見渡す。

穴の縁に立った俺たちは、同時に飛び降りる。

51階層に降りた玲は、姿勢を低くし、俺は周囲の探知をする。

風になびき、さわりと鳴る草花と、遠くの森から聞こえる鳥の鳴き声、そしてそれら全てを押し潰すような重い雨音。

五感を圧倒する雄大な大自然は、息を殺し獲物を待つ狡猾な怪物たちの住処(すみか)である。

「……これは、【蝕雨(しょくう)】ですよね？」

事前に冥層の情報を伝えていた玲は、大地を溶かすことも、金属の雫(しずく)でもないその雨の性質を予想する。

「当たり。触らないようにね」

言うまでもないことだが、これも触れたらよくない。

【蝕雨】、その効果は身体能力の低下だ。

どうやら魔法的な効果を含んでいるらしく、雨に触れれば触れるほど、身体能力低下の効果が重複していく。

最終的には心肺機能が弱り、衰弱死することになる恐ろしい雨だ。

だが、対策をとるのは難しくない。

雨が身体に触れないようにすればいいだけなのだ。

「この雨ならこれだな」

俺は【物体収納】から、二つの外套を取り出す。

「これは……『付術具』ですか」

「そうそう。用意してもらったんだよ。【耐魔力】付与のローブ。名前は確か……【耐魔の外套】だったかな」

『付術具』とは、スキルを付与した道具だ。

【鍛冶】スキルを用いれば、『オーブ』を消費することで、素材にスキルを付与できる。

とはいえ、付与したスキルの熟練度は【鍛冶】の熟練度に依存し、変化することはないし、本来の性能よりも劣化した効果しか発揮できない。

それでも、この『付術具』はとても高価だ。

劣化しているとはいえ、スキルを自身の魔素許容量を圧迫せずに使えるのだから。

そんな貴重な品を、頼んでから数日で二着も用意した【オリオン】は流石だ。

俺はさっそくクラン所属の恩恵を感じていた。

玲は外套を纏い、フードを深く被る。

見えるのは、顔の下半分だけ。端正な唇が感嘆したように形を変える。

「そのままの名前ですね」

「……そうだね」

この外套なら雨は弾けるし、肌に水滴が触れても、【耐魔力】のお陰で雨の効果を削げる。

これまでは全身を覆うように、【撥水森】の葉で編んだ外套を全身に巻き付けていたが、【探知】がある俺はともかく、玲は視界が遮られていると厳しいだろうと思い、用意した。

「じゃあ、行くか」

俺たちは同時に雨の中に踏み出した。

外套を打つ雨音が、ぱつぱつと鼓膜を揺らす。弾かれた水が線になって裾から地面へ流れていく。

雨で歪んだ遠方の視界は見通せず、しかし地形が目に焼き付いている俺は、進むべき道が感覚でわかる。

「走っても大丈夫？」

「はい、ついていきます」

玲はクールな表情でこくりと頷いた。一度死にかけた場所に自分から向かうというのに、緊張した様子はなかった。

（これなら少し急ぎ目でも大丈夫かな）

俺はそう思い、玲に背を向けて、走る準備をする。だけどそのとき、俺の【探知】に映った玲の表情は、固く強張っていた。

（バカか俺は……怖くないはずないだろ）

「やっぱり歩いていってもいい？」

「……？　私は別に構いませんけど」

「うん、ちょっと歩きたい気分なんだ」

「ふふっ……ダンジョンの中でですか？　湊先輩ぐらいですよ、ピクニック気分で冥層を歩くのは」

困惑混じりの淡い微笑みが浮かぶ。初めて会ったときは表情に乏しい少女だと思っていたけど、今はいろんな感情を見せてくれるようになった。

嫌なことがあると拗ねてみせるし、不安だと心細そうに瞳を伏せる。楽しいとはにかむように笑って、俺が入団試験に受かると俺よりも喜んでくれた。

玲も普通の少女なのだ。だけど人よりも責任感が強くて真面目だから、弱みを見せようとしないだけ。

彼女は俺をリーダーと呼んでくれる。それなら俺は、玲の気持ちも考えてパーティーの行動を決めなければいけない。

（このまま全部のモンスターを避けて先に進むのは、玲も不安になるか……）

元々、モンスターを避けながらツリーハウスに向かうつもりだったが、俺は予定を変える。

51階層西部、【飽植平地】へと続く森と中央部の【天晴平野】の境目を俺たちは進む。

以前、玲と潜ったときに通ったルートだが、前回は雨が降っていなかった。

「玲、前回と同じ道だけど油断するな。降る雨が変われば、活発に活動するモンスターも変わって生態系も変化する」

「はい、わかっています」

この探索に来る前、冥層の情報は玲に伝えたが、全ては教えきれなかった。

中途半端な知識はときに、何も知らないよりも危険なことがある。

俺は玲に釘をさす意味でもそう言った。

51階層【雨劇の幕】に降る雨の全てに適応するモンスターはほとんどいない。いたとしても
中央部の【天晴平野】に向かう。

そのため大抵のモンスターは、苦手な雨が降っているときは活動をやめ、得意な雨が降っているときに餌を取りに出てくる。

では、【蝕雨】という魔法効果を内包した雨に適応したモンスターとはどのようなものなの

か。

答えは、魔法を使えるモンスターだ。

「…………！」

俺たちの前方の地面が盛り上がる。

そこから姿を現したのは、平たい体を持つ土色の陸魚だ。

感情の窺えない瞳を俺たちに向け、その体を風船のように膨らませる。

「【凝雨泥魚（マッティ・スローズ）】！」

玲がモンスターの名を口にする。

俺が事前に教えたモンスターの一体だ。

獲物が通りかかるまでは、地面に擬態して隠れ潜む。

そして獲物が間合いに入れば、体表から取り込んだ【蝕雨】の効果を体内で増幅し、口から吐き出すことで無力化し、捕食する。

「湊先輩！」

「討伐！」

俺の指示を聞いた玲は、モンスターへと飛び出す。

魔法の霧を吐き出す寸前の巨体へ、容赦なく剣を突き立てる。

『〰〰〰〰〰〰〰〰!!？？』

モンスターは痛みに身を捩る。

玲はモンスターの動きに逆らわず、巨体に刺さった剣を引き抜きながら宙へと飛ばされる。

冷静な黒の双玉が静かに敵を見据え、裂帛の気合と共に、全身を使った斬撃を振り下ろす。

「────はあっ！」

一閃。

そしてモンスターの体躯は、両断された。

だが、体内に凝縮されていた霧が封を切ったように溢れ出す。

「玲！」

白霧に呑まれようとする玲に、咄嗟に声をかける。

だが玲は冷静に、再度剣を一閃した。

白銀の輝きに切り裂かれるように、魔法の霧は両断され、やがて空に溶けて消えた。

「……すみません、少し手こずりました」

「ああ、うん。無事でよかった……」

本格的な探索に入る前に、魔法を使う敵と戦わせたかったから、あえてモンスターに見つかったのだが、経験不足を力でねじ伏せてしまった。

「魔法を使うモンスターは爆弾のようなものなのですね」

「ああ。冥層のモンスターは扱う魔力も桁違いに高いから、制御を失った魔法が厄介なんだ」

通常、制御を失った魔法は霧散するのだが、強すぎる魔力は、そのまま魔法を不完全なまま顕現させてしまう。

俺自身は経験はないが、魔法発動直後のモンスターを飲み込んだモンスターが花火みたいに散っていく光景は何度も見た。

近接特化の玲にとっては厄介な性質だと思うのだが……。

そんな俺の視線を感じたのか、玲は剣を軽やかに振り、鞘に納める。

「この剣は【白銀鉱(ミスリル)】製なので、魔法を斬れるんです」

【白銀鉱】と言えば、魔力への高い耐性を持つ合金で、下層の貴重な鉱石を混ぜ合わせることでしか作れない。

武器の素材としては最上級のものだ。

(いくら【白銀鉱】製とはいえ、魔法を斬れるかどうかは別問題だろ……)

そんなことができるなら、魔法使いはこの世にいらない。

平然と常識離れした技を見せてくるこの少女は、やはり規格外だ。

だけど、ほっと息を吐く姿は、年相応で微笑ましかった。

「意外とどうにかなるだろ？」

「はい！　このぐらいなら、十体ぐらいは相手にできます！」

「大丈夫。俺がよっぽどへましないと、そんな群れとは出会わないよ」

「それなら一生出会いませんね」

玲は澄み切った瞳で見つめてくる。その絶対的な信頼にプレッシャーを感じ、返す笑みも少し引き攣っていた。

だが玲の緊張がほぐれたのはよかった。俺たちは再びぬかるんだ地面に足跡を刻んでいく。

目的地は【撥水森】にあるツリーハウスだ。俺が初めて玲の配信に出た場所で、俺は自分のチャンネルの初配信を行う予定だ。

だが進み始めてすぐ、俺の足は止まった。

「――――」

「どうしましたか？」

突然立ち止まった俺へ、背後にいた玲が追いついてくる。

そして、俺が見下ろす地面を隣で見て、小さく息を飲んだ。

「足跡？」

「……ああ、俺たちよりも先に誰かがここを通ったらしい」

くっきりと深く地面に刻まれていたのは、何者かのブーツの足跡だった。

玲が配信と共に冥層に現れて僅か一月。この地は正体不明の『何者』かを迎え入れた。

あとがき

皆さん初めまして、蒼見雛です。

この本を読んで下さってありがとうございます。


中学生のころからラノベを読み漁って来た私は、中でもダンジョンものが大好きでした。ダンジョンものの魅力と言えば、人知の及ばない『環境』や恐ろしい『怪物』たち。それに抗う『人間』だと勝手に思っています。

それなのに『環境』だけ考えて、後はノープランで見切り発車したのがこのダンジョンキャンパーズです。


今回、書籍化のために文章を読み直して、適当に書きすぎだろという呆れ半分で作業していました。残りの半分は乃愛可愛いーです。

ですが最終的には上手くまとまったと思うので、お楽しみいただければ幸いです。

そしてこの作品にはダンジョンの他に、地上での人間との争いも描いています。嫌味なお偉いさんや謎の襲撃者、同僚（予定）のライバルたちとの戦いなど、ダンジョンキャンパーズ？と思われる展開が後半続きますが……それも含めて寛容な心で読んで下さると助かります。

さて、本書の出版には多くの皆様にお世話になりました。

面倒を見てくださった担当編集様、素敵なイラストを書き上げてくださったＡｉｔｏ先生、この作品に関わっていただいた大勢の方々。ありがとうございました。

そして本書を手に取っていただいた読者の皆様にも、心から感謝しております。

それでは、失礼します。

蒼見雛

悪役令嬢に転生した母は
子育て
をいたします
改革
~結婚はうんざりなので
王太子殿下は聖女様に差し上げますね~
Tubling
イラスト ノズ
前世の子育てスキルで
「かわいい子どもたちを守ります!
目指せ!
自由気ままな
異世界子育てライフ

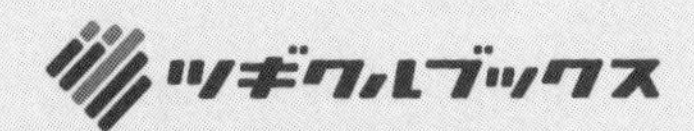
ツギクルブックス

ちったい俺の巻き込まれ異世界生活
1〜7
ぬー
ラスト こよいみつき
2025年2月、
最新8巻発売予定！
異世界転生したら幼児になっちゃいました!?
「がうがうモンスター＋」にて好評連載中！
ちったい俺でも異世界を楽しんでいい？
巻き込まれ事故で死亡したおっさんは、幼児ケータとして
異世界に転生する。聖女と一緒に降臨したということで保
護されることになるが、第三王子にかけられた呪いを解く
など、幼児ながらに次々とトラブルを解決していく。
みんなに可愛がられながらも異才を発揮するケータだが、
ある日、驚きの正体が判明する――
ゆるゆると自由気ままな生活を満喫する幼児の異世界ファンタジーが、今はじまる！
1巻：定価1,320円（本体1,200円＋税10%）978-4-8156-1557-4
2巻：定価1,320円（本体1,200円＋税10%）978-4-8156-1558-1
3巻：定価1,320円（本体1,200円＋税10%）978-4-8156-1918-3
4巻：定価1,320円（本体1,200円＋税10%）978-4-8156-2155-1
5巻：定価1,320円（本体1,200円＋税10%）978-4-8156-2322-7
6巻：定価1,430円（本体1,300円＋税10%）978-4-8156-2323-4
7巻：定価1,320円（本体1,200円＋税10%）978-4-8156-2800-0
ツギクルブックス
https://books.tugikuru.jp/

愛読者アンケートに回答してカバーイラストをダウンロード！

愛読者アンケートや本書に関するご意見、蒼見雛先生、Aito先生へのファンレターは、下記のURLまたは右のQRコードよりアクセスしてください。
アンケートにご回答いただくとカバーイラストの画像データがダウンロードできますので、壁紙などでご使用ください。
https://books.tugikuru.jp/q/202409/dungeoncampers.html

本書は、「カクヨム」（https://kakuyomu.jp/）に掲載された作品を加筆・改稿のうえ書籍化したものです。

ダンジョンキャンパーズ～世界で唯一、冥層を征く男は配信で晒された～

2024年9月25日　初版第1刷発行

著者　蒼見雛（あおみひな）

発行人　宇草 亮
発行所　ツギクル株式会社
〒105-0001　東京都港区虎ノ門2-2-1
発売元　SBクリエイティブ株式会社
〒105-0001　東京都港区虎ノ門2-2-1

イラスト　Aito
装丁　株式会社エストール

印刷・製本　中央精版印刷株式会社

ISBN978-4-8156-2808-6
Printed in Japan